Nove histórias

Nove histórias

J. D. Salinger

tradução
Caetano W. Galindo

todavia

*Para
Dorothy Olding
e
Gus Lobrano*

Conhecemos o som de duas mãos que aplaudem.
Mas qual é o som de uma mão que aplaude?

Koan zen

Um dia perfeito para peixes-banana 11
O tio Novelo em Connecticut 27
Logo antes da guerra com os esquimós 47
O Gargalhada 63
Lá no bote 81
Para Esmé — com amor e sordidez 95
Linda a boca, e verdes meus olhos 123
O período azul de Daumier-Smith 139
Teddy 175

Um dia perfeito para peixes-banana

Havia noventa e sete publicitários nova-iorquinos no hotel e, com eles monopolizando daquele jeito as linhas interurbanas, a moça do 507 teve que esperar até meio-dia para conseguir fazer sua chamada. Mas ela aproveitou esse tempo. Leu um artigo de uma revista feminina de bolso, intitulado "Sexo é divertido — ou um inferno". Lavou seu pente e sua escova. Esfregou a mancha da saia de seu conjuntinho bege. Ajustou o lugar do botão da blusinha da Saks. Tirou com a pinça dois pelos recém-surgidos na sua verruga. Quando a telefonista finalmente ligou para o seu quarto, ela estava sentada no sofazinho junto da janela e tinha quase acabado de passar esmalte nas unhas da mão esquerda.

Era uma moça que, diante de um telefone que tocava, jamais abandonaria uma tarefa. Quem a visse diria que seu telefone estava tocando sem parar desde que ela chegou à puberdade.

Com seu pincelzinho de esmalte, enquanto o telefone tocava, ela retocou a unha do dedo mínimo, acentuando a linha do crescente. Repôs então a tampa do vidrinho de esmalte e, levantando-se, passou a mão esquerda — a que estava úmida — de um lado para outro pelo ar. Com a mão seca, pegou um cinzeiro lotadíssimo que estava no sofazinho da janela e foi com ele até o criado-mudo, onde ficava o telefone. Ela sentou numa das duas camas de solteiro ainda feitas e — era o quinto ou sexto toque — atendeu o telefone.

"Alô", ela disse, mantendo os dedos da mão esquerda esticados e longe do robe de seda branca, que era a única coisa que vestia, fora os chinelinhos — seus anéis estavam no banheiro.

"Eu completei a sua ligação para Nova York, sra. Glass", a telefonista disse.

"Obrigada", disse a moça, e abriu espaço para o cinzeiro no criado-mudo.

Veio a voz de uma mulher. "Muriel? É você?"

A moça afastou levemente o aparelho da orelha. "Sou eu sim, mãe. Como a senhora está?", ela disse.

"Eu estava morrendo de preocupação com você. Por que você não telefonou? Está tudo bem com você?"

"Eu tentei ligar ontem à noite, e anteontem. O telefone andou meio —"

"Está tudo bem com você, Muriel?"

A moça ampliou o ângulo entre aparelho e orelha. "Tudo. Calor. Hoje é o dia mais quente na Flórida desde —"

"Por que você não me ligou? Eu estava morrendo de —"

"Mãe, querida, não grite comigo. Eu estou ouvindo que é uma beleza", disse a moça. "Eu liguei duas vezes pra senhora ontem. Uma logo depois —"

"Eu te *disse* que o teu pai provavelmente ia ligar ontem de noite. Mas, não, ele tinha que — Está tudo bem com você, Muriel? Não minta pra mim."

"Tudo. Por favor, pare de me perguntar isso."

"Quando foi que vocês chegaram?"

"Não sei. Quarta de manhã, cedinho."

"Quem foi dirigindo?"

"Ele", disse a moça. "E não fique toda assustada. Ele dirigiu bem direitinho. Eu fiquei espantada."

"*Ele* dirigiu? Muriel, você me deu a sua palavra de —"

"Mãe", a moça interrompeu. "Eu acabei de lhe dizer. Ele

dirigiu *bem* direitinho. Sem passar dos oitenta o tempo todo, se a senhora quer saber."

"Ele tentou aquelas bobagens com as árvores?"

"Eu *falei* que ele dirigiu bem direitinho, mãe. Mas, por favor. Eu pedi pra ele ficar perto da faixa branca, e tudo mais, e ele entendeu tudo, e cumpriu. Ele estava até tentando não olhar pras árvores — dava pra ver. Aliás, o papai mandou arrumar o carro?"

"Ainda não. Eles querem quatrocentos dólares, só pra —"

"Mãe, o Seymour *disse* pro papai que ele ia pagar. Não tem motivo pra —"

"Bom, a gente vê. Como que ele estava — no carro e tal e coisa?"

"Tudo certo", disse a moça.

"E ele ficou te chamando daquela coisa horrorosa de —"

"Não. Agora ele está com um negócio novo."

"O quê?"

"Ah, que dife*ren*ça vai fazer, mãe?"

"Muriel, eu quero *saber*. O seu pai —"

"Tudo bem, tudo bem. Ele está me chamando de Miss Mendiga Espiritual de 1948", a moça disse, com uma risadinha.

"Não tem graça, Muriel. Não tem a menor graça. É uma coisa pavorosa. É *triste*, a bem da verdade. Quando eu lembro o quanto —"

"Mãe", a moça interrompeu, "me escute. A senhora lembra do livro que ele me mandou da Alemanha? A senhora sabe — aqueles poemas alemães. O que foi que eu *fiz* com aquilo? Eu estou aqui tentando —"

"Está com você."

"*Certeza?*", disse a moça.

"Claro. Quer dizer, está comigo. Está no quarto do Freddy. Você deixou aqui e eu não tinha espaço pra guardar no — Por quê? Ele está precisando do livro?"

"Não. Só que ele *perguntou* do livro, quando a gente estava no carro. Ele queria saber se eu tinha lido."

"Era em alemão!"

"Era sim, querida. Não faz a menor diferença", disse a moça, cruzando as pernas. "Ele disse que por acaso aqueles poemas eram do *único grande poeta do século*. Ele disse que eu devia ter comprado uma tradução ou sei lá o quê. Ou *ter aprendido a língua*, veja só."

"Que horror. Um horror. É *triste*, na verdade, é bem isso. O seu pai falou ontem à noite —"

"Segundinho, mãe", a moça disse. Ela foi até o sofá da janela para pegar os cigarros, acendeu um, e sentou-se de novo na cama. "Mãe?", ela disse, soltando fumaça.

"Muriel. Agora, ouça bem."

"Estou ouvindo."

"O seu pai falou com o dr. Sivetski."

"Ah, é?", disse a moça.

"Ele contou *tu*do pra ele. Pelo menos disse que contou — você sabe como é o seu pai. Das árvores. Daquela coisa da janela. Daquelas coisas horrendas que ele falou pra vovó, sobre os planos dela pro fim da vida. Do que ele fez com aquelas fotos lindas das Bermudas — tu*di*nho."

"E daí?", disse a moça.

"Bom. Em primeiro lugar, ele disse que foi um verdadeiro *crime* o exército ter liberado ele do hospital — palavra de honra. Ele disse em termos bem *definitivos* pro seu pai que existe uma chance — uma chance muito *grande*, ele disse — de que o Seymour venha a perder com*pleta*mente o controle. Palavra de honra."

"Tem um psiquiatra aqui no hotel", disse a moça.

"*Quem?* Como é que ele se chama?"

"Não sei. Rieser, alguma coisa assim. Dizem que ele é muito bom."

"Nunca ouvi falar."

"Bom, mas dizem que ele é muito bom."

"Muriel, não se faça de boba, por favor. Nós estamos *muito* preocupados com você. O seu pai queria escrever *ontem à noite* pra você voltar pra casa, a bem da v—"

"Eu não vou voltar já pra casa, mãe. Então relaxe."

"Muriel. Palavra de honra. O dr. Sivetski disse que o Seymour pode perder com*pleta*mente o contr—"

"Eu acabei de *chegar*, mãe. É a primeira vez que tiro férias em anos, e eu não vou simplesmente fazer as *malas* e voltar pra casa", disse a moça. "Eu não ia poder viajar agora nem que quisesse. Me queimei tanto no sol que mal consigo me mexer."

"Você se queimou demais? Você não usou aquele pote de Bronze que eu coloquei na sua bolsa? Eu coloquei bem —"

"Usei sim. E me queimei mesmo assim."

"Que horror. Está queimada onde?"

"Por tudo, querida, por tudo."

"Que horror."

"Eu não vou morrer disso."

"Mas me conte, você conversou com esse psiquiatra?"

"Então, mais ou menos", disse a moça.

"O que foi que ele disse? Onde é que o Seymour estava quando você conversou com ele?"

"No Salão Oceano, tocando piano. Ele foi tocar piano as duas noites, desde que a gente chegou."

"Bom, mas ele disse o quê?"

"Ah, nada de mais. Foi ele que falou comigo primeiro. Eu estava sentada do lado dele no bingo, ontem à noite, e ele me perguntou se não era o meu marido que estava tocando piano no salão ali do lado. Eu disse que era sim, e ele me perguntou se o Seymour estava se recuperando de alguma coisa. Aí eu disse —"

"Por que ele perguntou uma coisa dessas?"

"*Eu* é que não sei, mãe. Acho que por ele estar pálido daquele jeito e tudo mais", disse a moça. "Enfim, depois do bingo ele e a esposa perguntaram se eu não queria beber alguma coisa com eles. Aí eu fui. A esposa dele era um horror. A senhora lembra daquele vestido de gala horrendo que a gente viu numa vitrine da Bonwit? Aquele que a senhora disse que a pessoa tinha que ser bem miudinha —"

"Aquele verde?"

"Ela estava usando o vestido. E toda cadeiruda. Ela não parava de perguntar se o Seymour era parente daquela Suzanne Glass que é dona da lojinha lá na avenida Madison — a chapeleira."

"Mas ele disse o quê? O médico."

"Ah. Então, nenhuma grande coisa, na verdade. Assim, a gente estava no bar e tudo mais. Estava uma barulheira danada."

"Sim, mas e você — você contou o que ele tentou fazer com a cadeira da vovó?"

"*Não*, mãe. Eu não entrei em grandes detalhes", disse a moça. "Eu devo ter outra oportunidade de conversar com ele ainda. Ele fica no bar o dia *todo*."

"E ele falou se tinha alguma chance dele ficar — você sabe — esquisito ou qualquer coisa assim? Fazer alguma coisa com você!"

"Não exatamente", disse a moça. "Ele precisava saber mais detalhes, mãe. Eles têm que saber tudo da infância da pessoa — essa coisarada toda. Eu disse pra senhora que a gente mal conseguiu conversar de tanto barulho que estava lá."

"Bom. Como é que está o seu casaco azul?"

"Normal. Eu mandei tirar um pouco do forro."

"Como é que *estão* as roupas este ano?"

"Um horror. Mas bem maluquinhas. Tem lantejoula — tem de tudo", disse a moça.

"E o quarto de vocês?"

"Normal. Mas por *pouquinho*. Não deu pra gente pegar o quarto em que a gente ficou antes da guerra", disse a moça. "As pessoas estão horrorosas esse ano. A senhora tinha que ver a coisa que fica sentada do nosso lado na sala de jantar. Na mesa do lado. Parece que eles vieram de caminhão."

"Bom, anda assim por toda parte mesmo. Como é que está a sua ballerine?"

"Comprida demais. Eu *falei* pra senhora que estava comprida."

"Muriel, eu só vou te perguntar mais uma vez — está tudo bem mesmo com você?"

"Está, mãe", disse a moça. "Pela nonagésima vez."

"E você não quer voltar pra casa?"

"*Não*, mãe."

"O seu pai falou ontem à noite que estava mais do que disposto a pagar caso você quisesse ir sozinha pra algum outro lugar e repensar as coisas. Você podia fazer um belo de um cruzeiro. Nós dois pensamos —"

"Não, obrigada", disse a moça, e descruzou as pernas. "Mãe, essa ligação está custando uma for—"

"Quando eu penso que você ficou esperando esse rapaz a guerra *inteirinha* — assim, quando você pensa em todas aquelas esposas malucas que —"

"Mãe", disse a moça, "melhor a gente desligar. O Seymour pode entrar a qualquer minuto."

"Ele está onde?"

"Na praia."

"Na praia? Sozinho? E ele não dá vexame na praia?"

"Mãe", disse a moça, "a senhora fala como se ele fosse um *doido* varrido —"

"Eu não disse nada disso, Muriel."

"Bom, é o que *parece*. Assim, ele só faz é ficar deitado lá. Ele nem tira o roupão."

"Não tira o roupão? Por que não?"

"*Eu* é que não sei. Acho que por ele estar pálido daquele jeito."

"Santo Deus, ele *precisa* de sol. Você não pode obrigar ele a tirar?"

"A senhora conhece o Seymour", disse a moça, e cruzou as pernas de novo. "Ele diz que não quer um monte de bobos olhando a tatuagem dele."

"Mas ele não tem tatuagem! Ele fez uma no exército?"

"Não, mãe. Não, querida", disse a moça, e levantou. "Olha, eu ligo amanhã, quem sabe."

"Muriel. Agora, ouça bem."

"Sim, mãe", disse a moça, apoiando o peso na perna direita.

"Você me liga na *mesma* hora, se ele fizer, ou *disser*, qualquer coisa esquisita — você sabe do que eu estou falando. Você está me ouvindo?"

"Mãe, eu não tenho medo do Seymour."

"Muriel, eu quero que você jure."

"Tudo bem, está jurado. Tchau, mãe", disse a moça. "Manda um beijo pro papai." Ela desligou.

"Se mói glé!", disse Sybil Carpenter, que estava hospedada no hotel com sua mãe. "Será que se mói glé?"

"Fofinha, pare de dizer isso. Está deixando a mamãe completamente maluca. Fique paradinha, por favor."

A sra. Carpenter estava passando loção bronzeadora nos ombros de Sybil, espalhando o líquido pelas suas escápulas delicadas, quase aladas. Sybil estava sentada precariamente numa imensa bola de praia inflada, encarando o oceano. Estava usando um maiô amarelo de duas peças, sendo que uma delas só lhe seria necessária dali a nove ou dez anos.

"No fundo era só um lenço de seda comum — dava pra ver quando você chegava bem perto", disse a mulher da cadeira de praia ao lado da sra. Carpenter. "Queria saber como ela amarrou aquele lenço. Ficou um amor."

"Parece um amor mesmo", a sra. Carpenter concordou. "Sybil, *fique parada*, fofinha."

"Será que se mói glé?", disse Sybil.

A sra. Carpenter suspirou. "Tudo bem", ela disse. Colocou de novo a tampa na embalagem da loção bronzeadora. "Agora corra lá brincar, fofinha. A mamãe vai voltar pro hotel e tomar um martíni com a sra. Hubbel. Eu trago a azeitona pra você."

Libertada, Sybil correu imediatamente pela parte plana da praia e começou a caminhar na direção do Pavilhão do Pescador. Depois de parar apenas para mergulhar um pé num castelo desmoronado e encharcado, ela logo estava na área reservada aos hóspedes do hotel.

Caminhou cerca de um quilômetro e então disparou subitamente numa corrida oblíqua, subindo a parte macia da praia. Estacou quando chegou ao ponto onde um rapaz estava deitado de costas.

"Você vai entrar na água, se mói glé?", ela disse.

O rapaz tomou um susto, sua mão direita foi até a lapela do roupão de anarruga. Ele virou de bruços, deixando cair de seus olhos uma toalha ensalsichada, e olhou para Sybil com os olhos apertados.

"Ah. Oi, Sybil."

"Você vai entrar na água?"

"Eu estava esperando *você*", disse o rapaz. "O que é que você me conta?"

"Como que é?", disse Sybil.

"O que é que você me conta? O que está acontecendo por aí?"

"O meu papai vem amanhã numa Vião", Sybil disse, chutando areia.

"No meu rosto não, querida", o rapaz disse, pondo a mão no tornozelo de Sybil. "Bom, já estava na hora dele vir, esse teu papai. Eu fico aqui esperando por ele de hora em hora. De hora em hora."

"Cadê a moça?", Sybil disse.

"A moça?" O rapaz tirou um pouco de areia do cabelo fino. "Difícil dizer, Sybil. Ela pode estar em mil lugares diferentes. No cabeleireiro. Pintando o cabelo de vison. Ou fazendo bonecas pras crianças pobres, no quarto." Deitado de bruços, agora, ele cerrou os dois punhos, colocou um sobre o outro e apoiou o queixo no de cima. "Pergunte outra coisa, Sybil", ele disse. "Que belo maiô esse teu. Se tem uma coisa que eu gosto, é de um maiô bem azulzinho."

Sybil ficou olhando fixamente para ele, depois olhou para sua barriguinha redonda. "Esse aqui é *amarelo*", ela disse. "Esse aqui é *amarelo*."

"Verdade? Deixa eu ver mais de perto."

Sybil deu um passo adiante.

"Você tem toda a razão. Como eu sou bobo."

"Você vai entrar na água?", Sybil disse.

"Estou pensando seriamente no assunto. Eu estou refletindo muito a respeito, Sybil, pode ter certeza."

Sybil cutucou a boia de borracha que o rapaz às vezes usava para apoiar a cabeça. "Está precisando de *ar*", ela disse.

"É verdade. Eu não queria reconhecer, mas está precisando de ar mesmo." Ele retirou os punhos e deixou o queixo descansar na areia. "Sybil", ele disse, "você está muito bonita. Bom te ver. Me fale de você." Ele estendeu as mãos e segurou os tornozelos de Sybil. "Eu sou de Capricórnio", ele disse. "E você?"

"A Sharon Lipschutz disse que você deixou ela sentar no banco do piano com você", Sybil disse.

"A Sharon Lipschutz disse o quê?"

Sybil fez que sim vigorosamente com a cabeça.

Ele soltou os tornozelos da menina, recolheu as mãos e largou a lateral do rosto no antebraço direito. "Bom", ele disse, "você sabe como são essas coisas, Sybil. Eu estava lá sentado, tocando. E eu não te vi ali por perto. E a Sharon Lipschutz apareceu e sentou do meu lado. Eu não podia empurrar ela dali, não é verdade?"

"É."

"Ah, não. Não. Isso eu não podia fazer", disse o rapaz. "Mas deixa eu te contar o que eu fiz."

"O quê?"

"Eu fiquei fingindo que ela era você."

Sybil imediatamente se abaixou e começou a cavar na areia. "Vamos entrar na água", ela disse.

"Tudo bem", disse o rapaz. "Acho que eu consigo dar um jeito."

"Da próxima vez, empurra ela", Sybil disse.

"Empurro quem?"

"A Sharon Lipschutz."

"Ah, a Sharon Lipschutz", disse o rapaz. "Esse nome não para de pipocar. Mesclando memória e desejo." Ele subitamente se pôs de pé. Olhou para o oceano. "Sybil", ele disse, "olha só o que a gente vai fazer. A gente vai ver se consegue pescar um peixe-banana."

"Um o quê?"

"Um peixe-banana", ele disse, e soltou a faixa que atava o roupão. Ele tirou o roupão. Seus ombros eram brancos e estreitos, e seu calção de banho, azul-real. Ele dobrou o roupão, primeiro pelo comprimento, depois em três partes. Desenrolou a toalha que tinha usado para cobrir os olhos, estendeu-a na areia, e então largou sobre ela o roupão dobrado. Ele se curvou, pegou a boia e a prendeu sob o braço direito. Então, com a mão esquerda, segurou a mão de Sybil.

Os dois começaram a andar na direção do oceano.

"Eu imagino que você já tenha visto muitos peixes-banana na vida", o rapaz disse.

Sybil sacudiu a cabeça.

"Não? Onde você *mora*, afinal?"

"Eu não sei", Sybil disse.

"Claro que sabe. Você tem que saber. A Sharon Lipschutz sabe onde *ela* mora e *ela só tem três anos e meio*."

Sybil parou de andar e com um puxão tirou a mão da dele. Pegou uma concha qualquer na areia e ficou olhando para ela com profundo interesse. Jogou de volta. "Whirly Wood, Connecticut", ela disse, e voltou a andar, barriguinha abrindo caminho.

"Whirly Wood, Connecticut", disse o rapaz. "Será que essa cidade não fica perto de Whirly Wood, Connecticut, por acaso?"

Sybil olhou para ele. "É onde eu *moro*", ela disse sem paciência. "Eu *moro* em Whirly Wood, Connecticut." Ela correu uns passos à frente dele, segurou o pé esquerdo com a mão esquerda e deu dois ou três pulinhos.

"Você não tem ideia do quanto isso ilumina a situação", o rapaz disse.

Sybil largou o pé. "Você leu *Little Black Sambo*?", ela disse.

"Engraçado você me perguntar isso", ele disse. "Porque na verdade eu acabei de ler, ontem à noite." Ele estendeu o braço e pegou a mão de Sybil. "O que você achou do livro?", ele perguntou.

"Os tigres ficaram mesmo correndo em volta daquela árvore?"

"Eu achei que eles nunca mais iam parar. Nunca vi tanto tigre junto."

"Eram só seis", Sybil disse.

"*Só* seis!", disse o rapaz. "Você acha que isso é *só*?"

"Você gosta de cera?", Sybil perguntou.

"Se eu gosto de quê?", perguntou o rapaz.

"De cera."

"Muito. Você não?"

Sybil concordou com a cabeça. "Você gosta de azeitona?", ela perguntou.

"Azeitona — gosto. Azeitona e cera. Eu nunca saio de casa sem."

"Você gosta da Sharon Lipschutz?", Sybil perguntou.

"Gosto. Gosto sim", disse o rapaz. "O que eu gosto especial*men*te nela é que ela nunca faz maldade com os cachorrinhos do saguão do hotel. Aquele buldogue miniatura que é daquela senhora canadense, por exemplo. Você provavelmente nem vai acreditar numa coisa dessas, mas *certas* menininhas gostam de ficar cutucando aquele cachorrinho com a vareta dos balões de gás. A Sharon não. Ela nunca é malvada nem cruel. É por isso que eu gosto tanto dela."

Sybil ficou calada.

"Eu gosto de mastigar vela", ela disse finalmente.

"Quem não gosta?", disse o rapaz, molhando os pés. "Nossa! Como está frio!" Ele largou a boia na água. "Não, espere só um segundo, Sybil. Espera até a gente entrar um pouco mais."

Eles foram andando até a água bater na cintura de Sybil. Então o rapaz a pegou no colo e a pôs de bruços na boia.

"Você nunca usa touca de banho nem nada assim?", ele perguntou.

"Não solte", Sybil ordenou. "Agora você que me segura."

"Srta. Carpenter. Por favor. Eu conheço bem os meus deveres", o rapaz disse. "A senhorita só fique bem de olho pro caso de aparecer algum peixe-banana. Está um dia *perfeito* para peixes-banana."

"Eu não estou vendo nenhum", Sybil disse.

"É compreensível. Eles têm hábitos bem peculiares. *Bem* peculiares." Ele continuava empurrando a boia. A água ainda não lhe chegava bem até o peito. "A vida deles é bem trágica", ele disse. "Sabe o que eles fazem, Sybil?"

Ela sacudiu a cabeça.

"Bom, eles mergulham num buraco que esteja cheio de bananas. Quando *entram*, eles são uns peixinhos com uma cara bem normal. Mas, depois, eles se comportam que nem uns porcos. Eu mesmo já fiquei sabendo de peixes-banana que chegaram a comer setenta e oito bananas." Ele empurrou a boia e sua passageira para meio metro mais perto do horizonte. "Claro que depois eles ficam tão gordos que não conseguem mais sair do buraco. Não conseguem passar pela porta."

"Sem ir longe demais", Sybil disse. "O que acontece com eles?"

"O que acontece com quem?"

"Com os peixes-banana."

"Ah, você quer saber depois deles comerem tanta banana que não conseguem mais sair do buraco das bananas?"

"É", disse Sybil.

"Bom, eu não queria ter que te dizer isso, Sybil. Eles morrem."

"Por quê?", perguntou Sybil.

"Bom, eles pegam febre bananosa. É uma doença terrível."

"Está vindo uma *onda*", Sybil disse nervosa.

"Vamos ignorar. Vamos dar um gelo nela", disse o rapaz. "Dois esnobes." Ele segurou os tornozelos de Sybil com as mãos e fez força para baixo e para a frente. A boia ergueu a proa sobre o topo da onda. A água encharcou o cabelo loiro de Sybil, mas seu grito veio cheio de prazer.

Com a mão, quando a boia voltou à horizontal, ela tirou uma mecha molhada, grudada, de cabelo dos olhos, e relatou, "Acabei de ver um".

"Ver um o quê, meu amor?"

"Um peixe-banana."

"Jesus amado! Não me diga!", disse o rapaz. "E ele estava com alguma banana na boca?"

"Estava", disse Sybil. "Com seis."

O rapaz subitamente pegou um dos pés molhados de Sybil, que estava pendurado sobre a borda da boia, e beijou-lhe a sola.

"Que é isso!", disse a dona do pé, virando-se para ele.

"Que é isso você! A gente vai voltar agora. Já cansou?"

"Não!"

"Desculpa", ele disse, e foi empurrando a boia para a areia até Sybil descer. Carregou a boia o resto do caminho.

"Tchau", disse Sybil, que sem arrependimentos saiu correndo na direção do hotel.

O rapaz vestiu o roupão, fechou bem as lapelas e meteu a toalha no bolso. Ele pegou a boia desajeitada, molhada e gosmenta, e a colocou debaixo do braço. Caminhou pesadamente pela areia macia e quente, rumo ao hotel.

No subsolo do hotel, que a gerência pedia que os banhistas usassem, uma mulher com pomada de zinco no nariz entrou no elevador com o rapaz.

"Eu estou vendo que você está olhando pros meus pés", ele lhe disse quando o elevador começou a subir.

"Perdão?", disse a mulher.

"Eu disse que estou vendo que você está olhando pros meus pés."

"Perdão *mesmo*. Na verdade eu estava olhando pro chão", disse a mulher, passando a encarar a porta do elevador.

"Se quiser olhar pros meus pés, é só dizer", disse o rapaz. "Mas não me venha com essa porcaria desse jeitinho disfarçado."

"Por favor, me deixe sair daqui", a mulher disse rapidamente para a ascensorista.

A porta se abriu e a mulher saiu sem nem olhar para trás.

"Eu tenho dois pés normais e não vejo porcaria nenhuma de motivo pra alguém ficar olhando pra eles", disse o rapaz. "Quinto, por favor." Ele tirou a chave do quarto do bolso do roupão.

Desceu no quinto andar, percorreu o corredor e entrou no 507. O quarto cheirava a malas novas de couro e acetona.

Ele olhou de relance para a moça que dormia numa das duas camas de solteiro. Então foi até uma das malas e a abriu, puxando de sob uma pilha de cuecas e camisetas uma pistola automática Ortgies calibre 7.65. Tirou o pente, olhou para ele, e então o recolocou. Engatilhou a arma. Ele então foi até a cama de solteiro desocupada, sentou-se, olhou para a moça, mirou a pistola, e disparou contra a própria têmpora direita.

O tio Novelo em Connecticut

Eram quase três horas da tarde quando Mary Jane finalmente encontrou a casa de Eloise. Ela explicou a Eloise, que foi recebê-la na entrada da garagem, que tudo correu *perfeitamente*, que ela lembrou o caminho *exatamente*, até sair da Merrick Parkway. Eloise disse, "*Merritt* Parkway, meu anjo", e lembrou a Mary Jane que ela já havia encontrado a casa em duas outras ocasiões, mas Mary Jane simplesmente uivou um lamento ambíguo, algo a respeito de sua caixa de lenços de papel, e voltou correndo para o conversível. Eloise ergueu a gola do sobretudo de lã de camelo, deu as costas para o vento, e ficou esperando. Mary Jane num minutinho estava de volta usando um lenço de papel e ainda com uma cara transtornada, e até contrafeita. Eloise disse animada que a droga do almoço todo tinha queimado — miúdos, tudo —, mas Mary Jane disse que já tinha comido mesmo, na estrada. No que as duas iam até a casa, Eloise perguntou a Mary Jane como tinha acontecido de ela conseguir o dia livre. Mary Jane disse que não tinha o dia *todo* livre; era só que o sr. Weyinburg estava com uma hérnia e ficou em casa, em Larchmont, e ela tinha que levar a correspondência dele e pegar umas cartas toda tarde. Ela perguntou a Eloise, "Mas uma hérnia é *o quê*, exatamente?". Eloise, largando o cigarro na neve suja em que pisava, disse que não sabia de *verdade*, mas que Mary Jane não precisava ficar com medo de pegar. Mary Jane disse, "Ah", e as duas moças entraram na casa.

Vinte minutos depois, as duas terminavam de beber seus primeiros *highballs* na sala de estar e conversavam daquela maneira que é característica, e provavelmente exclusiva, das ex-colegas de quarto. As duas tinham um laço ainda mais forte; nenhuma delas se formou. Eloise abandonou a universidade no meio do segundo ano, em 1942, uma semana depois de ter sido flagrada com um soldado num elevador fechado do terceiro andar do alojamento. Mary Jane abandonou — mesmo ano, mesma turma, quase no mesmo mês — para se casar com um cadete da aeronáutica lotado em Jacksonville, Flórida, um rapaz magro de Dill, Mississippi, que só pensava em voar e tinha passado dois dos três meses que durou seu casamento com Mary Jane preso por esfaquear um deputado.

"Não", Eloise estava dizendo. "Na verdade era *vermelho*." Ela estava esticada no sofá, com as pernas finas mas muito bonitas cruzadas na altura do tornozelo.

"Eu ouvi dizer que era loiro", Mary Jane repetiu. Estava sentada na poltrona azul de encosto reto. "A fulaninha lá jurou de pé junto que era loiro."

"Nananinanão. Certeza." Eloise bocejou. "Eu estava praticamente *ali* com ela quando ela tingiu. O que foi? Não tem mais cigarro lá?"

"Tudo bem. Eu tenho um maço cheio", Mary Jane disse. "Em algum lugar." Ela revistou a bolsa.

"A tonta daquela empregadinha", Eloise disse sem se mexer no sofá. "Eu larguei dois maços novinhos bem na cara dela tem coisa de uma hora. Daqui a pouco ela vai me aparecer aqui perguntando o que é pra fazer com eles. Onde é que eu estava mesmo?"

"A Thieringer", Mary Jane ajudou, acendendo um de seus próprios cigarros.

"Ah, é. Eu lembro perfeitamente. Ela tingiu o cabelo na *véspera* do casamento com aquele Frank Henke. Você lembra dele pelo menos?"

"Só meio mais ou menos. Um recrutinha? Pra lá de feioso?"

"Feioso. Jesus! Ele parecia um Bela Lugosi encardido."

Mary Jane jogou a cabeça para trás e rugiu. "Sensacional", ela disse, retornando à posição em que podia beber.

"Me dá o seu copo", Eloise disse, jogando um pé só de meia para o chão, e se levantando. "Honestamente, aquela *bocó*. Eu só faltei mandar o Lew fazer amor com ela pra convencer a dita a vir pra cá com a gente. Agora até lamento eu — Onde foi que você arranjou isso aí?"

"*Isso?*", disse Mary Jane, tocando um broche de camafeu que tinha na garganta. "Eu já tinha isso no tempo da universidade, meu Deus. Era da minha mãe."

"Jesus", Eloise disse, com os copos vazios nas mãos. "Eu não tenho nenhuma dessas porcarias sagradas pra usar. Se um dia a mãe do Lew morrer — ha, ha —, ela provavelmente vai me deixar um picador de gelo antigo, com as iniciais dela."

"Como é que você está se dando com ela ultimamente, afinal?"

"Engraçadinha", Eloise disse enquanto seguia para a cozinha.

"Esse é definitivamente o último pra mim!", Mary Jane gritou para ela.

"Mas nem a pau. *Quem* foi que ligou pra *quem*? E quem foi que chegou duas horas atrasada? A senhora vai ficar aqui até eu cansar da sua cara. Que se dane essa sua carreirazinha de nada."

Mary Jane jogou a cabeça para trás e rugiu de novo, mas Eloise já tinha entrado na cozinha.

Com reduzida capacidade, ou capacidade nenhuma, de ficar sozinha num cômodo, Mary Jane se levantou e foi até a janela. Ela afastou a cortina e apoiou o pulso numa das travessas entre os painéis de vidro, mas, sentindo poeira, tirou o pulso dali, limpou com a outra mão e adotou uma postura mais ereta. Lá fora, a neve derretida e imunda estava visivelmente virando gelo. Mary Jane soltou a cortina e voltou como quem não quer nada à poltrona azul, passando por duas estantes lotadas de livros sem nem espiar os títulos. Sentada, abriu a bolsa e usou o espelho para conferir os dentes. Fechou a boca e passou a língua com força pelos dentes frontais superiores, então olhou de novo.

"Está ficando *tão* gelado lá fora", ela disse, virando-se para a outra. "Jesus, que rapidez. Você não pôs soda?"

Eloise, com um drinque novo em cada mão, estacou no caminho. Ela estendeu os dois indicadores, como canos de arma de fogo, e disse, "Ninguém nem se mexa. Eu mandei cercar isso aqui tudo".

Mary Jane riu e guardou seu espelho.

Eloise veio com as bebidas. Colocou a de Mary Jane instável sobre o porta-copos, mas ficou com a sua na mão. Esticou-se de novo no sofá. "Que que cê acha que ela tá fazendo lá fora?", ela disse. "Está lá sentada em cima daquela bundona preta, lendo *O Manto Sagrado*. Eu derrubei as fôrmas de gelo quando fui pegar. Ela até me deu uma olhada com cara de poucos amigos."

"Esse é o meu último. Sem brincadeira", Mary Jane disse, pegando seu coquetel. "Ah, escuta! Sabe quem eu vi semana passada? No piso principal da Lord & Taylor?"

"Mm-hm", disse Eloise, ajeitando uma almofada embaixo da cabeça. "Akim Tamiroff."

"*Quem?*", disse Mary Jane. "Quem é esse aí?"

"Akim Tamiroff. Ele é do cinema. Ele sempre fala 'Você non leva a sério — ha?'. Eu adoro esse sujeito... Eu não suporto nenhuma almofada da droga dessa casa. Quem foi que você viu?"

"A Jackson. Ela estava —"

"Qual delas?"

"Não sei. A que estava na nossa turma de psi, a que sempre —"

"As duas estavam na nossa turma de psi."

"Bom. A que tinha aquela maravilha de —"

"Marcia Louise. Eu topei com ela uma vez também. Ficou tagarelando sem parar?"

"Meu Jesus amado, e como! Mas só que, sabe o que ela me contou? Que a dra. Whiting morreu. Ela disse que recebeu uma carta da Barbara Hill dizendo que a Whiting teve câncer no verão e morreu e tudo mais. Ela estava pesando só vinte e oito quilos. Quando morreu. Não é uma coisa horrorosa?"

"Não."

"Eloise, você está virando uma desalmada."

"Mm. Que mais que ela disse?"

"Ah, ela acabou de voltar da Europa. O marido dela estava lotado na Alemanha, acho eu, e ela estava com ele. A casa deles tinha quarenta e sete cômodos, ela disse, só eles e mais outro casal, e coisa de uns dez criados. Um cavalo só dela, e o cavalariço deles tinha sido professor de equitação do Hitler, acho eu. Ah, e ela começou a me contar que por pouco ela não foi estuprada por um soldado de cor. *Bem* no piso principal da Lord & Taylor ela começou a me contar — você conhece a Jackson. Ela disse que o sujeito era chofer do marido dela, e que estava levando ela pro mercado, acho eu, uma manhã. Ela disse que ficou com tanto medo que nem —"

"Espera só um segundinho." Eloise ergueu a mão e a voz. "É você, Ramona?"

"Sou eu", respondeu a voz de uma criança pequena.

"Feche a porta, por favor", Eloise gritou.

"É a Ramona? Ah, eu estou morrendo de saudade dela. Você sabe que eu não vejo a Ramona desde que ela —"

"Ramona", Eloise gritou, de olhos fechados, "vá lá pra cozinha e deixe a Grace tirar as suas galochas."

"Tudo bem", disse Ramona. "Vem, Jimmy."

"Ah, mas que saudade dela", Mary Jane disse. "Ah, meu *Deus*! Olha o que eu fui fazer. Eu sinto *mui*to, El."

"Deixa. *Deixa*", disse Eloise. "Eu odeio essa droga desse tapete mesmo. Eu pego outro pra você."

"Não, olha, ainda sobrou mais da metade!" Mary Jane ergueu seu copo.

"Certeza?", disse Eloise. "Me dá um cigarro."

Mary Jane estendeu seu maço de cigarros, dizendo, "Ah, mas que saudade dela. Ela está parecida com quem, agora?".

Eloise acendeu um isqueiro. "Akim Tamiroff."

"Não, sério."

"O Lew. Ela parece o Lew. Quando a mãe dele vem aqui, eles parecem trigêmeos." Sem sentar mais reta, Eloise estendeu a mão para uma pilha de cinzeiros que estava na outra ponta da mesinha dos cigarros. Conseguiu erguer o primeiro e o largou em cima da barriga. "Eu preciso é de um cocker spaniel ou alguma coisa assim", ela disse. "Alguém que seja parecido comigo."

"Como é que está a vista dela agora?", Mary Jane perguntou. "Assim, não piorou, né?"

"Cruzes, não que eu saiba."

"Ela consegue enxergar sem aqueles óculos? Assim, se ela levantar de noite pra usar o toalete e tal?"

"Ela não fala nada. Ela é um poço de segredinhos."

Mary Jane se virou na cadeira. "Mas, *oi*, Ramona!", ela disse. "Ah, mas que vestido *bonitinho*!" Ela largou o coquetel. "Aposto que você nem lembra de mim, Ramona."

"Claro que ela lembra. Quem é essa moça, Ramona?"

"Mary Jane", disse Ramona, e se coçou.

"Que maravilha!", disse Mary Jane. "Ramona, você me dá um beijinho?"

"Pare com isso", Eloise disse para Ramona.

Ramona parou de se coçar.

"Você me dá um beijinho, Ramona?", Mary Jane perguntou de novo.

"Eu não gosto de ficar beijando as pessoas."

Eloise conteve uma risada, e perguntou, "Cadê o Jimmy?".

"Ele está aqui."

"Jimmy é quem?", Mary Jane perguntou a Eloise.

"Ah, Jesus! O namoradinho dela. Onde ela vai ele vai também. Faz o que ela fizer. O maior bafafá."

"*Verdade?*", disse Mary Jane empolgada. Ela se inclinou para a frente. "Você tem um namoradinho, Ramona?"

Os olhos de Ramona, por trás de grossas lentes antimiopia, não refletiram nem uma fração do entusiasmo de Mary Jane.

"A Mary Jane te fez uma pergunta, Ramona", Eloise disse.

Ramona introduziu um dedo no seu narizinho largo.

"Pare com isso", Eloise disse. "A Mary Jane te perguntou se você tem um namoradinho."

"Tenho", disse Ramona, ocupada com o nariz.

"Ramona", Eloise disse. "Corta essa. Mas agorinha mesmo."

Ramona baixou a mão.

"Bom, eu acho isso tudo uma maravilha", Mary Jane disse. "Como é o nome dele? Você quer me dizer o nome dele, Ramona? Ou é um segredo muito sério?"

"Jimmy", Ramona disse.

"Jimmy? Ah, mas eu adoro o nome Jimmy! Jimmy de quê, Ramona?"

"Jimmy Jimmereeno", disse Ramona.

"Pare de se sacudir", disse Eloise.

"Puxa vida! Mas que nome. E cadê o Jimmy? Você quer me contar, Ramona?"

"Aqui", disse Ramona.

Mary Jane olhou ao redor, depois olhou de novo para Ramona, com o sorriso mais provocativo que conseguiu. "Aqui onde, querida?"

"*Aqui*", disse Ramona. "Eu estou de mão *dada* com ele."

"Não entendi essa", Mary Jane disse a Eloise, que estava dando cabo de seu coquetel.

"Nem *olhe* pra mim", disse Eloise.

Mary Jane olhou de novo para Ramona. "Ah, *entendi*. O Jimmy é só um menininho de faz de conta. Que maravilha." Mary Jane se inclinou cortês. "Como *vai*, Jimmy?", ela disse.

"Ele não vai falar com você", disse Eloise. "Ramona, fale do Jimmy pra Mary Jane."

"Falar *o quê?*"

"Endireite essas costas, por favor... Diga pra Mary Jane como é a aparência do Jimmy."

"Ele tem olho verde e cabelo preto."

"Que mais?"

"Não tem mamãe nem papai."

"Que mais?"

"Não tem sarda."

"Que mais?"

"Uma espada."

"Que mais?"

"Não sei", disse Ramona, e começou a se coçar de novo.

"Mas parece que ele é *lin*do!", Mary Jane disse, e se inclinou ainda mais para a frente, sem sair da cadeira. "Ramona. Me diga. O Jimmy *também* tirou as galochas quando vocês entraram?"

"Ele tem botas", Ramona disse.

"Que maravilha", Mary Jane disse a Eloise.

"Você que pensa. Pra mim é o dia inteiro isso aí. O Jimmy come com ela. Toma banho com ela. Dorme com ela. Ela dorme toda encolhida num canto da cama, pra não rolar e machucar o Jimmy."

Parecendo interessadíssima e encantada com essa informação, Mary Jane prendeu o lábio inferior, e depois o soltou para perguntar, "Mas de onde foi que saiu esse nome?".

"Jimmy Jimmereeno? Vai saber!"

"Provavelmente de algum menininho do bairro."

Eloise, bocejando, sacudiu a cabeça. "Não tem menininho no bairro. Não tem criança nenhuma. Eles me chamam de Parideira, quando eu não estou —"

"Manhê", Ramona disse, "posso ir brincar lá fora?"

Eloise olhou para ela. "Você acabou de *entrar*", ela disse.

"O Jimmy quer sair de novo."

"E por quê, se é que se pode saber?"

"Ele deixou a espada lá fora."

"Ah, ele e a porcaria dessa espada", Eloise disse. "Bom. Então vai. Ponha as galochas de novo."

"Pode pegar isso aqui?", Ramona disse, tirando um fósforo queimado do cinzeiro.

"*Posso* pegar isso aqui. Sim. Não me vá pra rua, por favor."

"Até mais, Ramona!", Mary Jane disse melodiosamente.

"Tchau", disse Ramona. "Vem, Jimmy."

Eloise de repente se pôs de pé num salto. "Me dá esse copo", ela disse.

"Não, de verdade, El. Eu tinha que estar em *Larchmont*. O sr. Weyinburg é *tão* doce, sabe, eu odeio —"

"Liga pra ele e diz que te assassinaram. Larga o diabo desse copo."

"Não, sério, El. Assim, está ficando gelado *pacas*. Eu quase não tenho fluido anticongelamento no carro. Quer dizer, se eu não —"

"Deixa congelar. Pega o telefone. Diz que você morreu", disse Eloise. "Me dá isso aqui."

"Bom... Cadê o telefone?"

"Ele foi", disse Eloise, levando os copos vazios na direção da sala de jantar, "— praqueles lados." Ela estacou na tábua do piso que separava a sala de estar da de jantar e executou um rebolado e um tranco. Mary Jane deu uma risadinha.

"Assim, você não *conheceu* de verdade o Walt", disse Eloise às quinze para as cinco, deitada de costas no chão, bebida equilibrada sobre o peito de seios pequenos. "De todos os sujeitos que eu conheci na vida, ele era o único que sabia me fazer rir. Assim, rir de *verdade*." Ela olhou para Mary Jane. "Lembra aquela noite — no nosso último ano — em que a doida da Louise Hermanson me entra usando aquele sutiã preto que ela tinha comprado em Chicago?"

Mary Jane deu uma risadinha. Estava deitada de barriga no sofá, queixo no braço do móvel, virada para Eloise. Sua bebida estava no chão, ao seu alcance.

"Bom, conseguia me fazer rir *daquele* jeito", Eloise disse. "Ele conseguia quando conversava comigo. Conseguia por telefone. Conseguia até por carta. E a melhor parte era que ele nem tentava ser engraçado — ele simplesmente *era* engraçado." Ela virou levemente a cabeça na direção de Mary Jane. "Mas olha só, que tal me arrumar um cigarrinho aí?"

"Eu não alcanço", Mary Jane disse.

"Bolas." Eloise olhou de novo para o teto. "Uma vez", ela disse, "eu caí. Eu ficava sempre esperando por ele no ponto de ônibus, bem na frente da Base, e um dia ele chegou atrasado, justo na hora que o ônibus ia saindo. A gente foi correr pra pegar e eu caí e torci o tornozelo. Ele disse, 'Coitadinho do tio Novelo'. Ele estava falando do meu tornozelo. Coitadinho do tio Novelo, ele disse... Jesus, como ele era bacana."

"E o Lew não tem senso de humor?", Mary Jane disse.

"Como assim?"

"E o Lew não tem senso de humor?"

"Ah, meu Deus! Vai saber? Tem. Acho que tem sim. Ele ri dos cartuns e tal." Eloise ergueu a cabeça, tirou o copo do peito, e bebeu.

"Bom", Mary Jane disse. "Isso não é tudo. Assim, não é tudo."

"O que que não é?"

"Ah... você sabe. Rir e tal."

"Quem é que disse que não?", Eloise disse. "Escuta, se você não vai virar freira ou sei lá o quê, é melhor dar umas risadas na vida."

Mary Jane riu. "Você é ter*rível*", ela disse.

"Ah, meu Deus, como ele era bacana", Eloise disse. "Ele ou era engraçado ou querido. Mas também não tinha nada daquele jeitinho querido de menino. Era um querido especial. Sabe o que ele fez uma vez?"

"Hã-hã", Mary Jane disse.

"A gente estava indo de trem de Trenton pra Nova York — isso logo depois dele ter sido convocado. Estava frio no vagão e eu tinha posto o meu sobretudo meio por cima da gente, assim. Eu lembro que por baixo eu estava com o cardigã da Joyce Morrow — lembra daquele cardigã azul lindinho que ela tinha?"

Mary Jane concordou com a cabeça, mas Eloise não olhou para ela para perceber seu gesto.

"Bom, ele estava meio que com a mão na minha barriga. Você sabe. Enfim, do nada ele disse que a minha barriga era tão linda que ele queria que algum oficial aparecesse e desse uma ordem pra ele socar a janela com a outra mão. Ele disse que queria fazer o que era justo. Aí ele tirou a mão dali e disse pro condutor endireitar a postura. Disse pro sujeito que se tinha uma coisa que ele não suportava era um homem que não parecia se orgulhar do uniforme. O condutor só falou pra ele ir dormir de novo." Eloise refletiu por um momento, então disse, "Não era sempre o que ele dizia, mas o jeito de dizer. Você sabe".

"Alguma vez você falou dele pro Lew — assim, qualquer coisa?"

"Ah", Eloise disse. "Eu comecei, uma vez. Mas a primeira coisa que ele me perguntou foi a patente dele."

"Qual era a patente dele?"

"Ha!", disse Eloise.

"Não, eu só queria —"

Eloise riu de repente, a partir do diafragma. "Sabe o que ele disse uma vez? Ele disse que achava que estava progredindo no exército, mas numa direção diferente dos outros. Ele disse que quando conseguisse a primeira promoção, em vez de receber divisas iam arrancar as mangas dele. Disse que quando chegasse a general ele ia estar completamente nu. Ele só ia estar usando um botão da infantaria no umbigo." Eloise deu uma olhada em Mary Jane, que não estava rindo. "Você não achou engraçado?"

"Achei. Só que, por que você não fala dele pro Lew uma hora dessas?"

"Por quê? Porque ele é tapado pra cacete, minha filha", Eloise disse. "Além de tudo. Escuta aqui, trabalhadora. Se um dia você casar de novo, não conte *na*da pro seu marido. Está me ouvindo?"

"Por quê?", disse Mary Jane.

"Porque eu mandei, e pronto", disse Eloise. "Eles querem achar que você passou a vida toda vomitando toda vez que um rapaz chegava perto de você. Sem brincadeira, viu. Ah, você pode contar as coisas pra eles. Mas nunca com sinceridade. Assim, nunca com *sinceridade*. Se você diz pra eles que uma vez você conheceu um rapaz bonito, tem que dizer na mesma horinha que ele era bonito *além da conta*. E se você diz que conheceu um rapaz esperto, tem que dizer que o problema é que ele era meio metido, ou sabichão. Se *não*, eles te jogam esse coitado desse rapaz na cara toda hora que tiverem chance." Eloise parou um momento para tomar um gole de seu copo e pensar. "Ah", ela disse, "eles ficam escutando de um jeito muito *maduro* e tudo mais. Até fazem a maior cara de inteligentes. Mas não caia nessa. Vai por mim. Vai ser o *inferno* se você der crédito pra essa inteligência deles. Pode crer."

Mary Jane, parecendo deprimida, ergueu o queixo do braço do sofá. Para variar, apoiou o queixo no antebraço. Ela considerou o conselho de Eloise. "Você não pode dizer que o Lew é tapado", disse em voz alta.

"*Quem* é que não pode?"

"Assim, ele não é inteligente?", Mary Jane disse inocente.

"Ah", disse Eloise, "de que adianta ficar falando? Vamos parar. Eu só vou te deixar deprimida. Me mande calar a boca."

"Bom, mas aí casou com ele por quê, então?", Mary Jane disse.

"Ah, Jesus! Sei lá. Ele me disse que adorava Jane Austen. Ele me disse que os livros dela eram muito importantes pra ele. Foi exatamente o que ele disse. Eu descobri, depois que a gente tinha casado, que ele nunca *leu* um livro dela. Sabe quem que é o escritor favorito dele?"

Mary Jane sacudiu a cabeça.

"L. Manning Vines. Já ouviu falar?"

"Hã-hã."

"Nem eu. Nem ninguém mais. Ele escreveu um livro sobre quatro sujeitos que morreram de fome no Alasca. O Lew não lembra o nome, mas é o livro com a *prosa* mais linda que ele leu na vida. *Jesus amado!* Ele nem tem a honestidade de dizer de uma vez que gostou do livro porque era sobre quatro sujeitos que morreram de fome num iglu ou sei lá onde. Ele tem que dizer que a *prosa* era linda."

"Você é crítica demais", Mary Jane disse. "Assim, você é crítica demais. Vai ver que *era* um livro —"

"Vai por mim, não tinha como ser", Eloise disse. Ela pensou por um momento, depois disse, "Pelo menos você tem emprego. Assim, pelo menos você —".

"Mas só que, escuta", disse Mary Jane. "Você acha que um dia pelo menos você vai dizer que o Walt morreu? Assim, ele não ia ficar com ciúmes, não é, se soubesse que o Walt — enfim. Que ele morreu e tal."

"Ah, que encanto! Sua trabalhadorazinha inocente, coitada", disse Eloise. "Ele ia ficar pior. Ele ia ser um *monstro*. Escuta. Ele só sabe que eu dei umas voltas com alguém que se chamava Walt — um soldadinho *espertalhão*. A última coisa que eu ia fazer era contar que ele morreu. Mas a última coisa. E se contasse, e eu não vou contar — mas *se* contasse, eu ia dizer que ele foi morto em combate."

Mary Jane empurrou o queixo mais para a frente, contornando o antebraço.

"El…", ela disse.

"Oi?"

"Por que você não quer me dizer como ele morreu? Eu *juro* que não conto pra ninguém. De verdade. Por favor."

"Não."

"Por favor. De verdade. Eu não conto pra ninguém."

Eloise tomou o resto da bebida e colocou de novo no peito seu copo vazio. "Você ia contar pro Akim Tamiroff", ela disse.

"Não ia não! Assim, eu não ia contar pra nin—"

"Ah", disse Eloise, "o regimento dele estava descansando em algum lugar. Entre batalhas ou sei lá o quê, foi um amigo dele que me escreveu que disse. O Walt e um outro sujeito estavam colocando um forninho japonês numa embalagem. Um coronel lá queria mandar o negócio pra família. Ou eles estavam *tirando* da embalagem pra embrulhar de novo — eu não sei direito. Enfim, estava cheio de gasolina e essas porcarias, e o treco explodiu na cara deles. O outro sujeito só perdeu um olho." Eloise começou a chorar. Ela pôs a mão no copo vazio que tinha no peito, para garantir seu equilíbrio.

Mary Jane deslizou do sofá e, de joelhos, deu três passos na direção de Eloise e começou a lhe acariciar a testa. "Não chore, El. Não chore."

"E quem é que está chorando?", Eloise disse.

"Eu sei, mas não chore. Assim, nem vale a pena mesmo."

A porta da frente se abriu.

"É a Ramona que está voltando", Eloise disse anasalada. "Me faça um favor. Vá lá na cozinha e diga pra fulaninha dar a janta dela mais cedo. Pode ser?"

"Tudo bem, mas só se você prometer que não vai chorar."

"Prometo. Pode ir. Eu não estou com vontade de entrar na droga daquela cozinha agora."

Mary Jane ficou de pé, perdendo e recuperando o equilíbrio, e saiu da sala.

Voltou em menos de dois minutos, com Ramona correndo à sua frente. Ramona batia em cheio a sola dos pés no chão, tentando fazer o máximo de barulho com suas galochas abertas.

"Ela não quis me deixar tirar as galochas", Mary Jane disse.

Eloise, ainda de costas no chão, estava usando o lenço. Ela falou com a cara nele, dirigindo-se a Ramona. "Saia daqui e diga pra Grace tirar as suas galochas. Você sabe que não é pra entrar na —"

"Ela está no banheiro", Ramona disse.

Eloise guardou o lenço e algo penosamente se pôs sentada. "Me dá o seu pé aqui", ela disse. "Sente, primeiro, por favor... Não *aí — aqui*. Jesus!"

De joelhos, procurando os cigarros embaixo da mesa, Mary Jane disse, "Ah. Adivinha o que aconteceu com o Jimmy".

"Nem faço ideia. O outro pé. O *outro*."

"Foi atropelado", disse Mary Jane. "Não é uma tragédia?"

"Eu vi o Skipper com um osso", Ramona contou a Eloise.

"O que aconteceu com o Jimmy?", Eloise lhe disse.

"Ele foi atropelado e morreu. Eu vi o Skipper com um osso, e ele não queria —"

"Me dá a sua testa um segundinho", Eloise disse. Ela estendeu a mão e sentiu a testa de Ramona. "Você está meio febril. Vá dizer pra Grace que você vai jantar lá em cima. E aí você me vai direto pra cama. Eu subo depois. Anda, vai, por favor. Leve isso aqui *com* você."

Ramona lentamente saiu da sala com passos de gigante.

"Me passa um aqui", Eloise disse a Mary Jane. "Vamos tomar mais um coquetel."

Mary Jane levou um cigarro até Eloise. "Que loucura, né? Isso do Jimmy? Que imaginação!"

"Mm. Você vai lá pegar a bebida, vai? E traz a garrafa... Eu não quero ir lá fora. Aquilo tudo está cheirando a suco de laranja."

Às sete e cinco o telefone tocou. Eloise levantou do sofazinho da janela e tateou no escuro para achar os sapatos. Não conseguiu. De meias, caminhou com firmeza, quase com langor, até o telefone. O barulho não incomodava Mary Jane, que dormia no sofá, de cara para baixo.

"Alô", Eloise disse no telefone, sem acender a luz do teto. "Olha, eu não posso ir te encontrar. A Mary Jane está aqui. Ela estacionou bem atrás de mim e não consegue achar a chave. Eu não tenho como sair. A gente ficou uns vinte minutos procurando lá naquilo lá — na neve e tal. Será que você não consegue uma carona com o Dick e a Mildred?" Ela ficou ouvindo. "Ah. Bom, peninha, rapaz. Por que os garotões aí não entram em formação e vêm marchando pra casa? Vocês podem dizer aquela coisa de ordinário-marchesquer-direi-tesquer. Você pode ficar dando uma de figurão." Ela ficou ouvindo de novo. "Eu não sou engraçada", ela disse. "Não mesmo. É só a minha cara." Ela desligou.

Ela andou, com menos firmeza, de volta para a sala de estar. No sofazinho da janela, serviu o que restava da garrafa de uísque em seu copo. Deu quase um dedo. Ela virou tudo, estremeceu e sentou.

Quando Grace acendeu a luz da sala de jantar, Eloise tomou um susto. Sem levantar, ela gritou para Grace, "É melhor você não servir antes das oito, Grace. O sr. Wengler vai se atrasar um pouquinho".

Grace apareceu na luz da sala de estar, mas não veio até ela. "Foi embora a moça?", ela disse.

"Está descansando."

"Ah", disse Grace. "Dona Wengler, eu tava pensando se tudo bem o meu marido passar a noite aqui. Tem bastante espaço lá no meu quarto, e ele só precisa voltar pra Nova York amanhã de manhã, e tá tão *feio* lá fora."

"O seu marido? E ele está onde?"

"Bom, agora", Grace disse, "ele tá na cozinha."

"Bom, infelizmente ele não pode passar a noite aqui, Grace."

"Madame?"

"Eu estou dizendo que infelizmente ele não pode passar a noite aqui. Isso aqui não é hotel."

Grace ficou um momento ali parada, então disse, "Tá bem, madame", e foi para a cozinha.

Eloise saiu da sala de estar e subiu a escada, iluminada muito levemente pela luz que escapava da sala de jantar. Uma das galochas de Ramona estava largada no patamar. Eloise pegou a galocha e jogou, com toda a força, por cima da balaustrada; ela bateu no chão do hall de entrada com um baque violento.

Acendeu bruscamente a luz do quarto de Ramona e segurou o interruptor, como que se apoiando nele. Ficou por um momento olhando para Ramona. Então soltou o interruptor e foi rapidamente até a cama.

"Ramona. Acorda. A*cor*da."

Ramona estava dormindo bem num cantinho da cama, com a nádega direita fora do colchão. Seus óculos estavam sobre um pequeno criado-mudo do Pato Donald, dobrados direitinho, hastes para baixo.

"*Ramona!*"

A criança acordou puxando forte a respiração. Seus olhos se abriram bem, mas quase no mesmo instante ela os apertou. "Mamãe?"

"Eu pensei que você tinha me dito que o Jimmy Jimmereeno morreu atropelado."

"O quê?"

"Você me escutou", Eloise disse. "Por que é que você está dormindo toda encolhida aqui?"

"Porque sim", disse Ramona.

"Porque sim, nada. Ramona, eu não estou no clima de —"

"Porque eu não quero machucar o Mickey."

"*Quem?*"

"O Mickey", disse Ramona, esfregando o nariz. "Mickey Mickeranno."

Eloise levantou a voz, que se tornou um grito agudo, "Você vá já pro meio dessa cama. *Anda*".

Ramona, extremamente assustada, só ficou olhando para Eloise.

"Tudo bem, então." Eloise agarrou os tornozelos de Ramona e meio ergueu meio arrastou seu corpo até o meio da cama. Ramona nem resistiu nem chorou; ela se deixou ser puxada sem de fato ceder ao gesto.

"Agora durma", Eloise disse, respirando pesado. "Feche os olhos... Você me ouviu, *feche*."

Ramona fechou os olhos.

Eloise foi até o interruptor e apagou a luz. Mas ficou muito tempo ali na porta. Então, subitamente, foi apressada até o criado-mudo, batendo com o joelho no pé da cama, mas determinada demais para sentir qualquer dor. Pegou os óculos de Ramona e, segurando-os com as duas mãos, apertou-os contra o rosto. Lágrimas correram por sua face, molhando as lentes. "Coitadinho do tio Novelo", ela disse várias vezes. Finalmente, colocou os óculos de novo no criado-mudo, com as lentes para baixo.

Ela se curvou, perdendo o equilíbrio, e começou a prender as cobertas da cama de Ramona. Ramona estava acordada.

Estava chorando e estivera chorando. Eloise lhe deu um beijo úmido na boca e tirou o cabelo que lhe cobria os olhos, e então saiu do quarto.

Ela desceu a escada, já bem trôpega, e acordou Mary Jane.

"*Quié?* Quem? *Hein?*", disse Mary Jane, sentando de supetão no sofá.

"Mary Jane. Escuta. Por favor", Eloise disse, soluçando. "Lembra no nosso ano de calouras, que eu tinha aquele vestidinho marrom e amarelo que eu comprei em Boise, e a Miriam Ball me disse que ninguém usava aquele tipo de vestido em Nova York, e eu passei a noite inteira chorando?" Eloise sacudiu o braço de Mary Jane. "Eu era uma boa menina", ela suplicava, "não era?"

Logo antes da guerra com os esquimós

Fazia cinco sábados seguidos que Ginnie Mannox jogava tênis de manhã nas quadras do East Side com Selena Graff, sua colega de classe na turma da srta. Basehoar. Ginnie abertamente considerava Selena o maior entojo da turma da srta. Basehoar — numa escola descaradamente cheia de entojos de dimensões significativas —, mas ao mesmo tempo nunca tinha conhecido ninguém igual a Selena para providenciar latas novas de bolas de tênis. O pai de Selena era dono de uma fábrica de bolas ou alguma coisa assim. (Um dia durante o jantar, para edificação de toda a família Mannox, a Ginnie evocou uma imagem de um jantar na casa dos Graff; a coisa envolvia um criado perfeito aparecendo à esquerda de todo mundo com, em vez de um copo de suco de tomate, uma lata de bolas de tênis.) Mas aquele negócio de deixar a Selena em casa depois de jogar tênis e aí ter que pagar sozinha a corrida inteira — todo santo sábado — estava dando nos nervos de Ginnie. Afinal de contas, pegar táxi para voltar das quadras para casa tinha sido ideia da Selena. No quinto sábado, no entanto, quando o táxi começou a subir rumo norte na avenida York, Ginnie de repente se manifestou.

"Escuta, Selena..."

"Oi?", perguntou Selena, que estava ocupada tateando o piso do táxi com a mão. "Eu não estou achando a capa da minha raquete!", ela gemeu.

Apesar do clima quente de maio, as duas meninas estavam com sobretudos sobre as roupas curtas.

"Você pôs no bolso", Ginnie disse. "Mas olha, escuta —"
"Ah, meu Deus! Você me salvou a vida!"
"Escuta", disse Ginnie, que não queria nem saber da gratidão de Selena.
"Oi?"
Ginnie decidiu abordar direto o assunto. O táxi estava quase na rua de Selena. "Eu não estou a fim de ter que pagar de novo a corrida inteira do táxi hoje", ela disse. "Eu não sou milionária, sabe como."
Selena primeiro fez cara de espantada e, depois, de ofendida. "Eu não pago sempre metade?", perguntou inocente.
"Não", disse Ginnie. "Você pagou metade no *primeiro* sábado. Lá no começo do mês passado. E de lá pra cá nunca mais. Eu não quero ficar de resmungo aqui, mas é que na verdade eu *vivo* com quatro e cinquenta por semana. E com esse dinheiro eu ainda tenho que —"
"Mas eu sempre levo as bolas de tênis, né?", Selena perguntou de maneira desagradável.
Às vezes Ginnie tinha vontade de matar Selena. "O teu pai *fabrica* as bolas ou sei lá o quê", ela disse. "Elas não custam nada pra *você*. Eu tenho que pagar cada —"
"Tudo bem, tudo bem", Selena disse, alto e com determinação suficiente para sair por cima da situação. Com cara de entediada, ela verificou os bolsos do casaco. "Eu só tenho trinta e cinco centavos", ela disse. "Isso dá?"
"Não. Desculpa, mas você está me devendo um dólar e sessenta e cinco. Eu fiquei anotando toda —"
"Eu vou ter que subir e pegar com a minha mãe. Não dá pra esperar até *segunda*? Eu posso levar na aula de educação *física* se você preferir."
A atitude de Selena desafiava a clemência.
"Não", Ginnie disse. "Eu tenho que ir ao cinema hoje à noite. Eu preciso do dinheiro."

Num silêncio hostil, as meninas ficaram cada uma olhando por uma janela até o carro encostar na frente do prédio de Selena. Então Selena, que estava sentada mais perto da calçada, desceu. Deixando a porta aberta um quase nada, ela saiu andando acelerada e desligadamente, como quem visita a nobreza de Hollywood, até o prédio. Ginnie, com o rosto em chamas, pagou a corrida. Ela então juntou suas coisas de tênis — raquete, toalha de mão e chapéu — e foi atrás de Selena. Aos quinze anos de idade, Ginnie media cerca de um metro e setenta com aqueles tênis 38 bico estreito, e ao entrar no saguão, seu constrangimento preocupado e o som de suas solas de borracha lhe emprestavam um perigoso quê de amadora. Fazia Selena preferir ficar olhando o mostrador em cima do elevador.

"Com essa você me deve um dólar e noventa", Ginnie disse, indo até o elevador com passos firmes.

Selena se virou para ela. "Talvez te interesse saber", ela disse, "que a minha mãe está muito doente."

"O que ela tem?"

"Ela está praticamente com pneumonia, e se você acha que eu vou incomodar ela agora pedindo dinheiro..." Selena pronunciou a sentença inacabada com todo o aplomb que era possível.

Ginnie, de fato, ficou levemente abalada com essa informação, por menos verdadeira que fosse, mas não a ponto de ficar sentimental. "Eu não dei pra ela", ela disse, e entrou no elevador atrás de Selena.

Depois que Selena tocou a campainha do seu apartamento, as meninas foram recebidas — ou na verdade a porta foi destrancada e deixada entreaberta — por uma empregada negra com quem Selena não parecia falar. Ginnie largou suas coisas de tênis numa cadeira da entrada e foi atrás de Selena. Na sala de estar, Selena se virou para ela e disse, "Você se incomoda de ficar esperando aqui? Eu *posso* ter que acordar a mãe e tudo mais".

"Tudo bem", Ginnie disse, e se deixou cair no sofá.

"Nunca na minha vida que eu pensei que você podia ser tão mesquinha com uma coisa dessas", disse Selena, que estava brava o suficiente para usar a palavra "mesquinha", mas não o bastante para enfatizá-la.

"Pois agora já sabe", disse Ginnie, abrindo um exemplar da *Vogue* diante do rosto. Ela ficou nessa posição até Selena sair do cômodo, e então colocou a revista de novo em cima do rádio. Deu uma espiada no cômodo, redistribuindo mentalmente a mobília, removendo abajures, eliminando flores artificiais. Na sua opinião, era um ambiente todo ridículo — caro mas cafona.

De repente, uma voz masculina gritou em outra parte do apartamento, *"Eric? É você?"*.

Ginnie imaginou que fosse o irmão de Selena, que nunca tinha visto. Ela cruzou suas pernas compridas, ajeitou a barra do casaco esporte sobre os joelhos, e ficou esperando.

Um rapaz de óculos e pijama, sem chinelo, entrou correndo no cômodo, de boca aberta. "Ah. Eu achei que era o Eric, Jesus amado", ele disse. Sem se deter, e com uma postura extremamente ruim, ele atravessou o ambiente todo, aninhando alguma coisa contra o peito. Sentou na ponta vazia do sofá. "Eu acabei de cortar a droga do meu dedo", disse de modo algo descontrolado. Olhava para Ginnie como se estivesse esperando vê-la sentada ali. "Cê já cortou o dedo? Até chegar no osso e tudo?", ele perguntou. Sua voz incômoda trazia uma verdadeira súplica, como se Ginnie, com sua resposta, pudesse salvá-lo de um tipo particularmente isolado de pioneirismo.

Ginnie ficou olhando fixamente para ele. "Bom, até o *osso* não", ela disse, "mas já me cortei." Ele era o rapazinho, ou homem — era difícil dizer —, mais engraçado que ela já tinha visto na vida. Estava com o cabelo de quem acabou de acordar. Tinha uma barba loira e rala de alguns dias. E uma aparência — digamos, pateta. "Como foi que você cortou?", ela perguntou.

Ele estava de cabeça baixa, com a boca frouxa entreaberta, olhando seu dedo ferido. "Oi?", ele disse.

"Como foi que você cortou?"

"E *eu* é que sei?", ele disse, com um tom que deixava implícito que a resposta a essa pergunta era irrecuperavelmente obscura. "Eu estava procurando um negócio na porcaria do cesto de lixo e o treco estava cheio de navalhas."

"Você é irmão da Selena?", Ginnie perguntou.

"Sou. Jesus, eu vou morrer de hemorragia. Não saia daqui. Eu posso precisar de uma droga de uma transfusão."

"Você colocou alguma coisa no corte?"

O irmão de Selena afastou ligeiramente do peito o ferimento e o desvelou para Ginnie. "Só um pouco daquela droga de papel higiênico", ele disse. "Pra parar o sangue. Que nem quando você se corta fazendo a barba." Ele olhou de novo para Ginnie. "Você é quem?", ele disse. "Amiga da cretina?"

"Nós estamos na mesma sala."

"Ah, é? Como é que você se chama?"

"Virginia Mannox."

"Você é a Ginnie?", ele disse, apertando os olhos atrás das lentes. "Você é Ginnie Mannox?"

"Sou", disse Ginnie, descruzando as pernas.

O irmão de Selena voltou de novo sua atenção para o dedo, que obviamente era para ele o único centro de atenção verdadeiro ali. "Eu conheço a sua irmã", ele disse sem maior interesse. "Uma esnobe desgraçada."

Ginnie arqueou as costas. "*Quem* que é esnobe?"

"Você ouviu."

"Ela *não é* esnobe!"

"Esnobe pra diabo", disse o irmão de Selena.

"Não *é*!"

"Esnobe pra diabo. Ela é a rainha. A droga da rainha dos esnobes."

Ginnie ficou vendo ele levantar as grossas camadas de papel higiênico para espiar o dedo.

"Você nem *conhece* a minha irmã."

"Conheço bem pra diabo."

"Como ela se chama? Como é o nome dela?", Ginnie exigiu.

"Joan... Joan, a Esnobe."

Ginnie ficou calada. "Como ela é?", ela perguntou de repente.

Não houve resposta.

"Como ela é?", Ginnie repetiu.

"Se ela fosse metade tão bonita quanto *pensa* que é, ia ser sorte pacas pra ela", o irmão de Selena disse.

Isso tinha a estatura de uma resposta interessante, na secreta opinião de Ginnie. "Eu nunca ouvi ela falar de *você*", ela disse.

"Fiquei preocupado. Agora fiquei preocupadíssimo."

"Enfim, ela está noiva mesmo", Ginnie disse, observando o rapaz. "Vai casar mês que vem."

"E com quem?", ele perguntou, levantando os olhos.

Ginnie se aproveitou direitinho do fato dele ter erguido os olhos. "Com ninguém que *você* conheça."

Ele voltou a cuidar dos próprios primeiros socorros. "Coitado do sujeito", ele disse.

Ginnie bufou.

"Isso aqui não para de sangrar. Cê acha que era melhor passar alguma coisa aqui? Que que é bom de pôr nessas coisas? Mercúrio adianta?"

"Iodo é melhor", Ginnie disse. Então, sentindo que sua resposta foi educada demais naquelas circunstâncias, acrescentou, "Mercúrio não adianta *nada* pra uma coisa dessas".

"Por que não? Qual que é o problema?"

"Só não *serve* pra esse tipo de coisa, nadinha. Melhor iodo."

Ele olhou para Ginnie. "Mas arde pacas, né?", ele perguntou. "Esse negócio não arde pacas?"

"*Arder*, arde", Ginnie disse, "mas você não vai morrer nem nada."

Aparentemente sem se ofender com o tom de voz de Ginnie, o irmão de Selena voltou a se preocupar com o dedo. "Eu não gosto quando arde", ele disse.

"Nin*guém* gosta."

Ele concordou com a cabeça. "É", ele disse.

Ginnie ficou um minutinho olhando para ele. "Pare de mexer nisso aí", ela disse de repente.

Como que em reação a um choque elétrico, o irmão de Selena recolheu a mão que não estava ferida. Ele sentou um quase nada mais reto — ou melhor, um quase nada menos corcunda. Olhou para algum objeto que estava do outro lado do cômodo. Uma expressão quase sonhadora surgiu em seu rosto bagunçado. Ele inseriu a unha do indicador que não estava machucado na fresta entre dois dentes da frente e, retirando uma migalha de comida, virou-se para Ginnie. "Cealmoçô?", perguntou.

"Oi?"

"Cê já almoçou?"

Ginnie sacudiu a cabeça. "Eu como quando chegar em casa", ela disse. "A minha mãe sempre deixa o almoço pronto pra quando eu chegar em casa."

"Eu estou com meio sanduíche de frango no meu quarto. Quer pra você? Eu nem encostei nem nada."

"Não, obrigada. De verdade."

"Você acabou de jogar tênis, meu Deus. Não tá com fome?"

"Não é isso", disse Ginnie, cruzando as pernas. "É só que a minha mãe sempre deixa o almoço pronto pra quando eu chegar em casa. Ela fica doida se eu não estiver com fome, assim."

O irmão de Selena aparentemente aceitou essa explicação. Pelo menos fez que sim com a cabeça e desviou os olhos. Mas de repente se virou de novo para ela. "Que tal um copinho de leite?", ele disse.

"Não, obrigada... Mas muito obrigada."

De maneira desligada, ele se abaixou e coçou o tornozelo nu. "Como é que chama o sujeitinho que vai casar com ela?", ele perguntou.

"Com a Joan?", disse Ginnie. "Dick Heffner."

O irmão de Selena continuou coçando o tornozelo.

"Ele é capitão-tenente da marinha", Ginnie disse.

"Grandes coisas."

Ginnie deu uma risadinha. Ficou vendo ele coçar o tornozelo até que estivesse vermelho. Quando ele começou a coçar com a unha uma pequena erupção cutânea na panturrilha, ela parou de olhar.

"De onde é que você conhece a Joan?", ela perguntou. "Eu nunca te vi lá em casa nem nada."

"Eu nunca fui na droga da tua casa."

Ginnie ficou esperando, mas a declaração não levou a mais nada. "Onde foi que você conheceu ela, então?", perguntou.

"Uma festa", ele disse.

"Numa festa? Quando?"

"Sei lá *eu*. Natal, 42." Do bolso do peito do pijama ele pinçou com dois dedos um cigarro que parecia ter passado a noite ali. "Que tal cê pegar aqueles fósforos pra mim?", ele disse. Ginnie lhe alcançou uma caixa de fósforos que estava na mesa ao lado dela. Ele acendeu o cigarro sem desentortar sua curvatura e em seguida repôs na caixa o fósforo usado. Inclinando a cabeça para trás, lentamente soltou uma enorme quantidade de fumaça pela boca e tragou com as narinas. Ele continuou fumando nesse estilo "tragada francesa". Era muito provável que isso não fizesse parte do espetáculo de vaudeville de sofá de um sujeito exibido, mas que fosse na verdade a proeza particular, agora exposta, de um rapaz que, vez por outra, podia ter tentado fazer a barba com a mão esquerda.

"Por que a Joan é esnobe?", Ginnie perguntou.

"Por quê? Porque sim. Como é que eu vou saber por quê?"

"Sim, mas eu estou perguntando por que você diz que ela é."

Ele se virou para ela com ar de exaustão. "Escuta. Eu escrevi oito cartas pra ela. *Oito*, droga. Ela não respondeu *nenhuma*."

Ginnie hesitou. "Bom, vai ver que ela estava ocupada."

"Sei. Ocupada. Ocupada pra diabo, aquela lá."

"Você precisa usar *esse* vocabulário?", Ginnie perguntou.

"Preciso pra diabo."

Ginnie deu uma risadinha. "Mas você conhecia ela desde quando?", ela perguntou.

"Um tempo, já."

"Bom, assim, você chegou a ligar pra ela ou sei lá o quê? Assim, você não chegou a ligar pra ela ou sei lá o quê?"

"Nem."

"Bom, meu rapaz. Se você nunca ligou pra ela ou —"

"Eu não tinha como, droga!"

"Por que não?", disse Ginnie.

"Eu não estava *em* Nova York."

"Ah. Você estava onde?"

"Eu? Em Ohio."

"Ah, você estava na universidade?"

"Não. Larguei."

"Ah, estava no exército?"

"Não." Com o cigarro na mão, o irmão de Selena bateu no lado esquerdo do peito. "Problema aqui na bomba", ele disse.

"No coração, então?", Ginnie disse. "Que problema?"

"*Eu* é que não sei a porcaria do problema. Eu tive febre reumática quando era pequeno. Uma puta dor no —"

"Bom, e você não devia parar de fumar? Assim, você não devia parar de fumar e tal? O médico disse pro meu —"

"Aah, eles falam qualquer coisa", ele disse.

Ginnie conteve brevemente sua artilharia. Muito brevemente. "O que você estava fazendo em Ohio?", ela perguntou.

"Eu? Trabalhando numa droga de uma fábrica de avião."

"Verdade?", disse Ginnie. "E você gostou?"

"'E você gostou?'", ele arremedou. "Adorei. Eu simplesmente *amo* avião. É tão *lindinho*."

Ginnie já estava envolvida demais para se sentir ofendida. "Você trabalhou quanto tempo lá? Na fábrica de aviões."

"*Eu* é que não sei, meu Deus. Trinta e sete meses." Ele levantou e foi até a janela. Olhou para a rua lá embaixo, coçando a coluna vertebral com o polegar. "Olha aquele pessoal", ele disse. "Uns idiotas do cacete."

"Quem?", disse Ginnie.

"*Eu* é que não sei. Qualquer um."

"O seu dedo vai começar a sangrar mais se você deixar pra *baixo* desse jeito", Ginnie disse.

Ele obedeceu. Pôs o pé esquerdo no peitoril da janela e descansou a mão ferida na coxa que ficou na horizontal. Continuou olhando para a rua lá embaixo. "Todo mundo indo pra droga da comissão de alistamento", ele disse. "Agora a gente vai entrar em guerra com os esquimós. Sabia dessa?"

"Com quem?", disse Ginnie.

"Com os *esquimós*... Presta atenção, cacete."

"Por que com os esquimós?"

"*Eu* é que não sei por quê. Como é que *eu* ia saber por quê, diabo? Dessa vez os velhos todinhos vão ter que ir. Os sujeitos lá dos seus sessenta anos. Você só pode ir se estiver lá pelos sessenta", ele disse. "É só dar uns turnos menores pra eles, e pronto... Grandes coisas."

"Mas *você* não ia ter que ir mesmo", Ginnie disse, sem querer dizer nada além da verdade, mas já sabendo, antes de terminar a frase, que estava dizendo a coisa errada.

"Eu sei", ele disse rápido, e tirou o pé do peitoril da janela. Ele abriu um pouquinho a janela e jogou o cigarro na rua. Então se virou, sem ter mais o que fazer à janela. "Olha. Me faz um favor. Quando o sujeito chegar, cê diz pra ele esperar só um segundinho? Eu só tenho que fazer a barba, e pronto. Tudo bem?"

Ginnie fez que sim.

"Quer que eu dê uma apressada na Selena ou alguma coisa assim? Ela sabe que você está aqui?"

"Ah, sabe sim", Ginnie disse. "Eu não estou com pressa. Obrigada."

O irmão de Selena concordou com a cabeça. Então olhou longamente para seu ferimento pela última vez, como que para verificar se o dedo tinha condições de encarar o trajeto de volta até o quarto.

"Por que você não põe um Band-Aid? Vocês não têm Band-Aid nem nada?"

"Nem", ele disse. "Bom. Se cuide." Ele foi saindo do cômodo.

Em poucos segundos estava de volta, com a metade do sanduíche.

"Coma isso aqui", ele disse. "Está gostoso."

"Sério, eu não estou nem —"

"Mas *pega*, meu Deus. Eu não pus veneno nem nada."

Ginnie aceitou o meio sanduíche. "Bom, muito obrigada", ela disse.

"É de frango", ele disse, em pé ao lado dela, olhando para ela. "Comprei ontem de noite numa droga de uma delicatéssen."

"Está com uma cara ótima."

"Bom, então *coma*."

Ginnie deu uma mordida.

"Gostoso, né?"

Ginnie engoliu com dificuldade. "Muito gostoso", ela disse.

O irmão de Selena fez que sim. Ele olhou distraído pelo cômodo, coçando o peito. "Bom, acho que era melhor eu ir me vestir... Jesus amado! Olha a campainha. Vai com calma, agora!" Ele sumiu.

* * *

Vendo-se sozinha, Ginnie procurou, sem se levantar, um bom lugar para jogar fora ou esconder o sanduíche. Ouviu alguém que vinha pelo hall de entrada. Pôs o sanduíche no bolso do casaco esporte.

Um rapaz de seus trinta anos de idade, nem alto nem baixo, entrou no cômodo. Seus traços regulares, o cabelo curto, o corte de seu terno, o padrão de sua gravata de seda, nada trazia informações definitivas. Ele podia ser da equipe, ou querer ser da equipe, de uma revista. Podia estar saindo de uma peça que fechou sua temporada na Filadélfia. Podia ser de um escritório de advocacia.

"Olá", ele disse, cordialmente, para Ginnie.

"Olá."

"Você viu o Franklin?", ele perguntou.

"Ele está fazendo a barba. Ele me pediu pra lhe dizer pra esperar. Ele já vem."

"*Fazendo a barba*. Santa madre." O rapaz olhou para o relógio de pulso. Então sentou-se numa poltrona vermelha adamascada, cruzou as pernas e pôs as mãos no rosto. Como se estivesse exausto de maneira geral, ou tivesse passado por algum tipo de esforço ocular, ele esfregou os olhos fechados com a pontinha dos dedos esticados. "Essa foi a manhã mais horrorosa de toda a minha vida", ele disse, retirando as mãos do rosto. Falava exclusivamente da laringe para cima, como se estivesse cansado demais para empregar o ar do diafragma em suas palavras.

"O que aconteceu?", Ginnie perguntou, olhando para ele.

"Ah... É uma história comprida demais. Eu nunca abuso da paciência de quem eu não conheço há pelo menos mil anos." Ele olhava vaga e insatisfeitamente na direção da janela. "Só que nunca mais vou me achar *grandes coisas* nisso de avaliar a natureza humana. Pode sair contando pra todo mundo que eu disse isso."

"O que aconteceu?", Ginnie repetiu.

"Ah, meu Deus. Esse sujeito que está morando comigo há meses e meses e meses — eu nem quero falar dele... Esse *escritor*", ele acrescentou com satisfação, provavelmente lembrando uma imprecação favorita de algum romance de Hemingway.

"O que ele fez?"

"*Francamente*, eu prefiro nem entrar em detalhes", disse o rapaz. Ele tirou um cigarro de seu maço, ignorando um umidor transparente sobre a mesa, e acendeu com seu próprio isqueiro. Tinha mãos grandes. Elas não pareciam fortes nem competentes nem delicadas. E no entanto ele as usava como se tivessem um impulso estético próprio, que não fosse controlável com facilidade. "Eu decidi que não vou nem pensar no assunto. Mas estou furioso demais", ele disse. "Assim, esse camaradinha horroroso me aparece de Al*too*na, na Pensilvânia — ou um lugarzinho *desses*. Aparentemente *morrendo* de fome. Eu tenho a bondade e a *decência* — eu sou o verda*dei*ro Bom Samaritano — de *acolher* o sujeito no meu apartamento, esse apartamentinho absolutamente micros*có*pico em que eu sozinho já mal consigo me mexer. Apresento o cara a *todos* os meus amigos. Deixo ele entupir o apartamento *todinho* com aquelas folhas manuscritas horrorosas, e pontas de cigarro, e *rabanetes*, e sei lá mais o quê. Apre*sen*to o sujeito a tudo quanto é produtor teatral de Nova York. Levo suas camisas imundas pra lavanderia e *vou buscar*. E além de tudo *isso* —" O rapaz se interrompeu. "E o resultado de toda essa bondade e dessa de*cên*cia", ele prosseguiu, "é que ele se manda de casa às cinco ou seis da manhã — sem nem deixar um *bilhete* —, leva toda e qualquer coisa em que consegue pôr aquelas mãos sujas, imundas lá dele." Ele se deteve para tragar o cigarro, e soltou a fumaça num jato fino e sibilante pela boca. "Eu não quero falar disso. Não mesmo." Ele olhou para onde Ginnie estava. "Adorei o seu casaco", disse, já levantando da poltrona.

Foi até ela e segurou a lapela de seu casaco esporte entre os dedos. "É lindo. É o primeiro casaco de lã de camelo *bom* de verdade que eu vejo desde a guerra. Posso perguntar onde foi que você comprou?"

"A minha mãe trouxe de Nassau."

O rapaz acenou positiva e pensativamente com a cabeça, e retornou para a poltrona. "É um dos poucos lugares onde dá pra encontrar lã de camelo *boa* de verdade." Ele sentou. "Ela ficou muito tempo lá?"

"Oi?", disse Ginnie.

"A sua mãe ficou muito tempo lá? Eu pergunto porque a *minha* mãe esteve lá em dezembro. E parte de janeiro. Normalmente eu vou com ela, mas esse ano foi tão complicado que não consegui sair daqui."

"Ela foi em fevereiro", Ginnie disse.

"Maravilha. Onde foi que ela ficou? Você sabe?"

"Com a minha tia."

Ele concordou com a cabeça. "Posso perguntar o seu nome? Você é amiga da irmã do Franklin, imagino."

"Nós estamos na mesma sala", Ginnie disse, respondendo apenas à segunda pergunta.

"Você não é a famosa *Maxine* de quem a Selena vive falando, então?"

"Não", Ginnie disse.

O rapaz começou repentinamente a espanar a bainha da calça com a palma da mão. "Eu estou que é só *pelo de cachorro*, da cabeça aos pés", ele disse. "Minha mãe foi pra Washington passar o fim de semana e largou o monstrinho dela no *meu* apartamento. Ele é bem querido, na verdade. Mas tem uns hábitos nojentos. Você tem cachorro?"

"Não."

"Na verdade, eu acho cruel criar cachorro na cidade." Ele parou de espanar a bainha, recostou-se e olhou de novo para o relógio de pulso. "Esse menino *nunca* foi pontual na vida. A gente vai ver *A Bela e a Fera* do Cocteau, e está aí *um* filme em que você precisa *mesmo* chegar na hora. Assim, se você não chegar na hora, o *charme* todo da coisa se perde. Você viu?"

"Não."

"Ah, tem que ver! Eu vi oito vezes. É absolutamente genial", ele disse. "Eu estou ten*tan*do há meses convencer o Franklin a ir ver." Ele sacudiu a cabeça desesperançado. "É bem o gosto dele. Durante a guerra, nós dois trabalhamos no mesmo lugarzinho horroroso, e aquele menino ficava insis*tin*do em me arrastar pra ver os filmes mais impossíveis do mundo. A gente viu filme de gângster, faroeste, *musicais* —"

"Você também trabalhou na fábrica de aviões?", Ginnie perguntou.

"Ah, sim, meu Deus. Anos e anos e anos. Nem vamos falar disso, por favor."

"Você também tem o coração fraco?"

"Ai, Jesus, não mesmo. Bate na madeira." Ele percutiu duas vezes no braço da poltrona. "Eu tenho a saúde de um —"

Quando Selena entrou no cômodo, Ginnie se pôs rapidamente de pé e foi ao encontro dela. Selena tinha tirado a saia e colocado um vestido, um fato que normalmente teria irritado Ginnie.

"Eu sinto muitíssimo ter te deixado esperando", Selena disse insincera, "mas eu tive que ficar esperando a mãe acordar... Oi, Eric."

"Oi, oi, oi!"

"Eu nem quero o dinheiro mesmo", Ginnie disse, falando baixo para que apenas Selena a ouvisse.

"Oi?"

"Eu fiquei pensando. Assim, você leva as bolas de tênis e tal, toda vez. Eu tinha esquecido."

"Mas você falou que como eu não pagava pelas bolas —"

"Me leve até a porta", Ginnie disse, seguindo na frente, sem se despedir de Eric.

"Mas eu achei que você ia ao cinema de noite e precisava do dinheiro e tal!", Selena disse no hall de entrada.

"Eu estou cansada demais", Ginnie disse. Ela se abaixou e pegou seu equipamento de tênis. "Escuta. Eu te ligo depois do jantar. Você vai fazer alguma coisa especial hoje à noite? Quem sabe eu posso dar uma passada aqui."

Selena olhou fixamente para ela e disse, "Tudo bem".

Ginnie abriu a porta da frente e foi para o elevador. Ela apertou o botão. "Eu conheci o seu irmão", ela disse.

"Ah, é? Ele não é uma figura?"

"E ele faz o quê, mesmo?", Ginnie perguntou casualmente. "Ele tem um emprego ou alguma coisa assim?"

"Ele acabou de pedir demissão. O papai quer que ele volte pra universidade, mas ele não aceita."

"E não aceita por quê?"

"*Eu* é que não sei. Ele diz que está velho demais e tal."

"Quantos anos ele tem?"

"*Eu* é que não sei. Vinte e quatro."

A porta do elevador se abriu. "Eu te ligo depois!", Ginnie disse.

Na frente do prédio, ela foi andando rumo oeste para a avenida Lexington para pegar o ônibus. Entre a Terceira e a Lexington, ela pôs a mão no bolso do casaco e encontrou a metade do sanduíche. Tirou dali e começou a baixar o braço para largar o sanduíche na rua, mas acabou colocando de volta no bolso. Uns anos antes, ela levou três dias para jogar fora o pintinho que ganhou na Páscoa e encontrou morto na serragem que forrava o fundo de seu cesto de papel.

O Gargalhada

Em 1928, quando tinha nove anos de idade, eu pertenci, com o máximo esprit de corps, a uma organização conhecida como Clube Comanche. Toda tarde depois da escola, às três horas, vinte e cinco Comanches eram apanhados pelo nosso Cacique na saída dos meninos da Escola Primária 165, na rua 109 perto da avenida Amsterdam. Nós então abríamos caminho a socos e empurrões até o ônibus comercial reformado do Cacique, e ele nos levava (segundo seu acordo financeiro com nossos pais) até o Central Park. No resto da tarde, se o clima permitisse, nós jogávamos futebol, americano ou não, ou beisebol, a depender (de modo muito pouco estrito) da temporada do ano. Nas tardes chuvosas, o Cacique invariavelmente nos levava ou ao Museu de História Natural ou ao Metropolitan Museum of Art.

Nos sábados e quase sempre nos feriados nacionais o Cacique ia nos pegar de manhã cedo nos prédios em que morávamos e, com seu ônibus com jeito de condenado, levava todos nós para fora de Manhattan, para os espaços comparativamente amplos do Van Cortlandt Park ou das Palisades. Se estivéssemos pensando só em esporte, íamos até o Van Cortlandt, onde os campos eram oficiais e o time adversário não incluía carrinhos de bebê ou uma velhinha furibunda e sua bengala. Se nossos corações comanches estivessem decididos a acampar, íamos até as Palisades encarar a natureza. (Lembro de ter ficado perdido num certo sábado em algum ponto daquele pedaço complicado do terreno entre a placa da Linit e a base oeste da ponte George Washington. Mas eu não perdi a cabeça. Só fui sentar à majestosa sombra de um gigantesco outdoor e, ainda que às lágrimas, abri os trabalhos da minha lancheirinha, semiconfiante de que o Cacique me encontraria. O Cacique sempre nos encontrava.)

Em suas horas de liberdade dos Comanches, o Cacique era John Gedsudski, de Staten Island. Ele era um rapaz extremamente tímido e delicado, de seus vinte e dois ou vinte e três anos de idade, aluno de direito na NYU, e de maneira geral uma pessoa muito memorável. Não vou tentar elencar aqui suas várias realizações e virtudes. Apenas de passagem, ele era Escoteiro Pioneiro, um defensor de futebol americano que quase ficou entre os melhores de 1926, e todos sabiam que tinha sido convidado para a peneira do time de beisebol dos New York Giants. Era um árbitro imparcial e inabalável no caos dos nossos eventos esportivos, expert em construção e apagamento de fogueiras, e dotado de competência e ausência de desprezo pelos primeiros socorros. Cada um de nós, do menor ao maior dos baderneiros, adorava e respeitava o Cacique.

A aparência física do Cacique em 1928 ainda está clara na minha memória. Se a vontade conferisse estatura, todos os Comanches diriam de pronto que se tratava de um gigante. Mas como a vida real é diferente, ele era troncudo, com um e sessenta ou um e sessenta e dois — nada mais. Seu cabelo era preto-azulado e começava bem baixo na testa, seu nariz era grande e carnudo, e seu torso tinha praticamente o comprimento das pernas. Com sua jaqueta de couro, ele tinha ombros imponentes, mas estreitos e caídos. Na época, no entanto, me parecia que todos os traços mais fotogênicos de Buck Jones, Ken Maynard e Tom Mix tinham sido perfeitamente amalgamados no Cacique.

Toda tarde, quando ficava escuro o suficiente para que o time que estivesse perdendo pudesse ter uma desculpa para os erros em várias bolas altas no beisebol ou passes longos no futebol americano, os Comanches confiavam sólida e egoisticamente no talento de narrador do Cacique. Àquela hora nós normalmente éramos um grupinho agitado e irritadiço, e brigávamos uns com os outros — com os punhos cerrados ou com nossas vozes agudas — pelos assentos do ônibus mais próximos do Cacique. (O ônibus tinha duas fileiras paralelas de assentos de palha. A da esquerda tinha três assentos a mais — os melhores de todos — que se estendiam até a altura do perfil do motorista.) O Cacique subia no ônibus apenas quando estivéssemos acomodados. Aí ele sentava ao contrário no banco do motorista e, com sua voz de tenor fanhosa mas modulada, nos fornecia o novo capítulo de "O Gargalhada". Depois que ele começava a narrar, nosso interesse nunca diminuía. "O Gargalhada" era a história perfeita para um Comanche. Podia até ter dimensões clássicas. Era uma história com tendências a se espalhar por toda parte, e mesmo assim se mantinha essencialmente portátil. Você sempre podia levar a história para casa com você e ficar refletindo a respeito dela enquanto, digamos, esperava sentado a água escorrer pelo ralo da banheira.

Filho único de um casal muito rico de missionários, o Gargalhada foi raptado ainda na infância por bandidos chineses. Quando o rico casal de missionários se recusou (por convicção religiosa) a pagar o resgate do filho, os bandidos, nitidamente irritados, colocaram a cabeça do menino numa prensa de carpinteiro e giraram a alavanca adequada várias vezes em sentido horário. A vítima dessa experiência singular chegou à vida adulta com uma cabeça calva, em formato de noz-pecã, e um rosto que apresentava, em vez de uma boca, uma imensa cavidade oral abaixo do nariz. O nariz, por sua vez, consistia em duas narinas fechadas pela carne. Em consequência, quando o Gargalhada respirava, o hediondo buraco desprovido de alegria que ficava sob seu nariz se dilatava e se contraía como (na *minha* imaginação) alguma espécie monstruosa de vacúolo. (O Cacique demonstrava, mais do que explicava, o método de respiração do Gargalhada.) Desconhecidos desmaiavam de pronto ao verem o horrendo rosto do Gargalhada. Seus conhecidos o evitavam. Mas curiosamente os bandidos permitiam que ele ficasse pelo seu quartel-general — desde que mantivesse o rosto coberto por uma leve máscara cor-de-rosa, feita de pétalas de papoula. A máscara não apenas poupava os bandidos da visão do rosto de seu filho adotivo, mas também os deixava capazes de sentir seu paradeiro; nessas circunstâncias, ele fedia a ópio.

Toda manhã, em sua extrema solidão, o Gargalhada se esgueirava (ele tinha o passo leve de um gato) até a densa floresta que cercava o esconderijo dos bandidos. Ali fez amizade com todo tipo e toda espécie de animais: cães, camundongos brancos, águias, leões, jiboias, lobos. Mais ainda, ele tirava a máscara e conversava com eles, baixinho, melodiosamente, na língua dos bichos. Eles não o achavam feio.

(O Cacique precisou de uns meses para chegar a esse ponto da história. A partir daí, ele foi ficando cada vez mais ditatorial com seus capítulos, o que agradava absolutamente aos Comanches.)

O Gargalhada era uma pessoa que prestava muita atenção, e rapidamente descobriu os mais valiosos segredos profissionais dos bandidos. Mas ele não os tinha em muito alta conta, e nem pensou duas vezes antes de iniciar um sistema particular dele, mais eficiente. Primeiro numa escala bem pequena, começou a trabalhar por conta própria no interior da China, roubando, raptando, e assassinando quando estritamente necessário. Logo seus engenhosos métodos criminais, somados a seu singular amor pelo jogo limpo, renderam-lhe um lugar afetivo no coração da nação. Por mais estranho que parecesse, seus pais adotivos (os bandidos que originalmente o levaram a pensar na vida de crime) estiveram entre os últimos a ficar sabendo de suas realizações. Quando souberam, foram tomados por um ciúme enlouquecedor. Certa noite, eles todos fizeram fila ao lado da cama do Gargalhada, achando que as drogas que lhe haviam dado teriam metido o sujeito num sono profundo, e com seus machetes eles foram golpeando a figura que estava sob os cobertores. Mas no fim a vítima era a mãe do bandido-chefe — uma pessoa desagradável e reclamona. O fato apenas aumentou a sede dos bandidos pelo sangue do Gargalhada, e ele acabou sendo obrigado a trancar todos num mausoléu profundo mas com uma decoração agradável. Eles de vez em quando escapavam e lhe causavam algum aborrecimento, mas ele se recusava a matá-los. (Havia um lado piedoso no personagem do Gargalhada que me deixava praticamente louco.)

Logo o Gargalhada já atravessava o tempo todo a fronteira chinesa para ir a Paris, onde gostava de exibir seu gênio incrível mas modesto diante de Marcel Dufarge, detetive internacionalmente famoso, espirituoso e tuberculoso. Dufarge e sua filha (uma menina linda, ainda que tivesse algo de travesti) tornaram-se os piores inimigos do Gargalhada. Vezes sem fim tentaram passar a perna no Gargalhada. Só para se divertir, o Gargalhada normalmente deixava que eles encaminhassem bem seus planos e então sumia, frequentemente sem deixar sequer a mais vagamente razoável indicação de seu método de fuga. De vez em quando ele deixava um bilhetinho incisivo de adeus no sistema de esgotos de Paris, que era imediatamente entregue à bota de Dufarge. Os Dufarge passavam uma enormidade de seu tempo chapinhando pelos esgotos de Paris.

Logo o Gargalhada tinha amealhado a maior fortuna pessoal do mundo. Quase tudo ele doava anonimamente para os monges de um mosteiro local — humildes ascetas que dedicavam a vida à criação de cães policiais alemães. O que restava de sua fortuna, o Gargalhada convertia em diamantes, que casualmente mergulhava, dentro de cofres de esmeralda, no mar Negro. Suas necessidades pessoais eram poucas. Ele vivia exclusivamente de arroz e sangue de águia, numa cabana minúscula com um ginásio esportivo e uma pista de tiro ao alvo no subterrâneo, no tempestuoso litoral do Tibete. Quatro comparsas cegamente leais moravam com ele: um volúvel lobo cinzento chamado Asa Negra, um anão adorável chamado Omba, um mongol gigante chamado Hong, que tivera a língua queimada pelos brancos, e uma lindíssima moça eurasiana, que, movida pelo amor não correspondido que sentia pelo Gargalhada e por uma profunda preocupação com a segurança dele, por vezes tinha uma atitude desagradável quanto à vida de crimes. O Gargalhada dava suas ordens ao bando através de uma tela de seda negra. Nem mesmo Omba, o adorável anão, tinha autorização para ver seu rosto.

Eu não estou dizendo que vou fazer isso, mas se quisesse eu podia ficar horas conduzindo o leitor — por força, se fosse necessário — em idas e vindas pela fronteira Paris-China. Eu na verdade considero o Gargalhada alguma espécie de ancestral extrafamoso da minha família — uma espécie de Robert E. Lee, digamos, com as devidas virtudes conservadas na água ou no sangue. E essa ilusão é meramente moderada na comparação com a que eu tinha em 1928, quando me considerava não apenas descendente direto do Gargalhada, mas seu único descendente legítimo vivo. Eu não era nem filho dos meus pais em 1928, mas um impostor diabolicamente sutil, à espera do menor deslize deles como desculpa para agir — se possível, mas não necessariamente, sem violência — e afirmar minha verdadeira identidade. Como precaução para não partir o coração da minha falsa mãe, eu planejava levá-la para trabalhar comigo no submundo em alguma função não definida mas adequadamente nobre. Mas a *principal* coisa que eu tinha que fazer em 1928 era tomar cuidado. Fingir que participava daquela farsa. Escovar os dentes. Pentear o cabelo. A qualquer custo, conter minha horrenda gargalhada natural.

Na verdade, eu não era o único descendente legítimo vivo do Gargalhada. Havia vinte e cinco Comanches no Clube, ou vinte e cinco descendentes legítimos vivos do Gargalhada — todos nós circulando agourentos e anônimos pela cidade inteira, de olho nos ascensoristas, arqui-inimigos em potencial, sussurrando ordens fluentes mas dadas pelo canto da boca para algum cocker spaniel, desenhando alvos, com o indicador, na testa de professoras de matemática. E sempre esperando, esperando uma oportunidade decente de provocar pavor e admiração no coração medíocre mais próximo de nós.

Numa tarde de fevereiro, logo depois de iniciada a temporada de beisebol dos Comanches, eu percebi um novo elemento no ônibus do Cacique. Sobre o espelho retrovisor do para-brisa, havia uma pequena fotografia emoldurada de uma garota com uma beca e um capelo acadêmicos. Eu sentia que a foto de uma garota não combinava com aquele tom apenas-para-homens do ônibus, e acabei perguntando sem meias palavras ao Cacique quem era ela. Ele primeiro tergiversou, mas acabou admitindo que se tratava de uma garota. Eu lhe perguntei o nome dela. Ele respondeu sem muita boa vontade, "Mary Hudson". Eu lhe perguntei se ela era artista de cinema ou alguma coisa assim. Ele disse que não, que ela frequentava o Wellesley College. Acrescentou, num comentário que pareceu lhe surgir lentamente, que o Wellesley College era uma universidade de altíssimo nível. Mas eu perguntei para que a foto dela estava no *ônibus*. Ele deu de ombros, levemente, como que para insinuar, ao que me parecia, que a foto tinha lhe sido basicamente imposta.

Durante as semanas seguintes, o retrato — por mais que tivesse sido imposto ao Cacique por força ou por acaso — não foi retirado do ônibus. Ele não foi recolhido com as embalagens de chocolate e os pedaços de doce de alcaçuz que caíam. Contudo, nós, os Comanches, acabamos nos acostumando com ele. Ele aos poucos ganhou a personalidade opaca de um velocímetro.

Mas um dia, enquanto íamos para o parque, o Cacique encostou o ônibus na Quinta Avenida, na altura da rua 60, quase um quilômetro antes do nosso campo de beisebol. Uns vinte palpiteiros imediatamente exigiram explicação, mas o Cacique não os atendeu. Em vez disso, ele simplesmente assumiu sua posição de narrador e caiu prematuramente num novo capítulo de "O Gargalhada". Mas mal tinha começado quando alguém bateu na porta do ônibus. Os reflexos do Cacique estavam afiadíssimos naquele dia. Ele literalmente rodopiou no assento, deu um puxão na alavanca que abria a porta, e uma garota com um casaco de pele de castor subiu no ônibus.

Assim de improviso, eu só consigo lembrar de três garotas na minha vida toda que me deram a impressão de ter uma beleza inclassificavelmente grande à primeira vista. Uma foi uma menina magra com um maiô preto que estava tendo muita dificuldade para armar um guarda-sol alaranjado em Jones Beach, lá por 1936. A segunda foi uma moça que estava a bordo de um navio de cruzeiro no Caribe em 1939, que jogou seu isqueiro num boto. E a terceira foi a garota do Cacique, Mary Hudson.

"Estou muito atrasada?", ela perguntou ao Cacique, sorrindo para ele.

Daria na mesma se ela tivesse perguntado se era feia.

"Não!", o Cacique disse. Com um leve toque de descontrole, ele olhou para os Comanches que estavam perto de seu banco e fez sinal para que aquela fileira abrisse espaço. Mary Hudson sentou-se entre mim e um menino chamado Edgar não sei das quantas, que tinha um tio cujo melhor amigo fabricava bebida clandestina. Nós lhe abrimos todo o espaço do mundo. Então o ônibus deu partida, num ritmo arrastado, peculiar, amadorístico. Os Comanches, do primeiro ao último, estavam calados.

Na volta até o lugar onde normalmente nós estacionávamos, Mary Hudson se inclinou para a frente e fez ao Cacique um relato entusiasmado dos trens que tinha perdido e do trem que não tinha perdido; ela morava em Douglaston, Long Island. O Cacique estava muito nervoso. Ele não apenas deixou de contribuir com algo para a conversa; mal conseguia ouvir o que ela dizia. A bola da alavanca de câmbio saiu na mão dele, eu lembro.

Quando descemos do ônibus, Mary Hudson ficou bem ali conosco. Tenho certeza de que quando chegamos ao campo de beisebol cada um dos Comanches tinha no rosto uma expressão de certas-garotas-simplesmente-não-sabem-a-hora-de-ir-embora. E para o cúmulo da desgraça, quando outro Comanche e eu estávamos jogando cara ou coroa para decidir qual time ia arremessar primeiro, Mary Hudson toda esperançosa manifestou seu desejo de participar do jogo. A reação a isso não poderia ter sido mais inequívoca. Se antes os olhos dos Comanches estavam simplesmente fixos na sua mulheridade, agora ficaram arregalados. Ela sorriu em resposta. Foi um pouco desorientador. Então o Cacique tomou as rédeas da situação, revelando um talento antes oculto para a incompetência. Ele levou Mary Hudson para longe, só o suficiente para os Comanches não poderem ouvir, e pareceu se dirigir a ela de maneira solene e racional. Depois de um tempo, Mary Hudson o interrompeu, e sua voz foi perfeitamente audível para os Comanches. "Mas eu *quero*", ela disse. "Eu quero jogar sim!" O Cacique concordou com a cabeça e tentou de novo. Ele apontou na direção do campo onde ficavam as bases, todo encharcado e cheio de buracos. Ele pegou um taco oficial e demonstrou seu peso. "E daí?", Mary Hudson disse nitidamente. "Eu viajei isso tudo até Nova York — pro dentista e tudo mais — e eu vou jogar." O Cacique concordou de novo com a cabeça e desistiu. Ele caminhou cautelosamente até a base, onde os Bravos e os Guerreiros, os dois times comanches, estavam à espera, e olhou para mim. Eu era o capitão dos Guerreiros. Ele mencionou o nome do meu *center fielder* habitual, que estava doente em casa, e sugeriu que Mary Hudson ficasse no lugar dele. Eu disse que não precisava de *center fielder*. O Cacique me perguntou que diabo era aquilo de não precisar de *center fielder*. Eu fiquei chocado. Foi a primeira vez que vi o Cacique usar uma palavra mais pesada. E mais ainda, eu podia sentir o sorriso que Mary Hudson me dedicava. Para não perder a elegância, peguei uma pedra e joguei contra uma árvore.

Nós arremessamos primeiro. A *center fielder* não teve o que fazer no primeiro inning. De onde eu estava, na primeira base, de vez em quando dava uma espiada para trás. Toda vez que eu espiava, Mary Hudson acenava alegre para mim. Estava usando uma luva de apanhador, por sua própria e inflexível escolha. Era uma visão horrorosa.

Mary Hudson era a nova rebatedora dos Guerreiros. Quando eu a informei dessa situação, ela fez uma carinha e disse, "Bom, então vamos *logo* com isso". E para falar a verdade parece que nós nos apressamos mesmo. Ela teve chance de rebater já no primeiro inning. Tirou seu casaco de castor — e a luva de apanhador — para a ocasião, e seguiu para a base com um vestido marrom-escuro. Quando lhe dei um taco, ela me perguntou por que era tão *pesado*. O Cacique abandonou sua posição de árbitro atrás do arremessador e se aproximou angustiado. Ele disse para Mary Hudson descansar a ponta do taco no ombro direito. "Eu estou fazendo isso", ela disse. Ele lhe disse para não apertar demais as mãos no taco. "Eu não estou apertando", ela disse. Ele lhe disse para ficar bem de olho na bola. "Eu vou ficar", ela disse. "Sai da *frente*." Ela sentou o braço na primeira bola que arremessaram para ela, que passou por cima da cabeça do *left fielder*. Normalmente valeria duas bases, mas Mary Hudson chegou à terceira — de pé.

Quando meu assombro passou, e depois minha reverência, e depois meu encanto, eu olhei para o Cacique. Parecia que ele não estava meramente atrás do arremessador, mas sim flutuando acima dele. Era um homem absolutamente feliz. Lá da terceira base, Mary Hudson acenava para mim. Eu acenei também. Não teria conseguido evitar, mesmo que quisesse. Descontadas as suas habilidades com o taco, ela simplesmente era uma garota que sabia acenar para alguém lá da terceira base.

No restante do jogo, ela ganhou bases toda vez que rebateu. Por algum motivo, parecia que ela odiava a *primeira* base; não tinha como segurar a moça ali. Pelo menos três vezes ela chegou à segunda.

Ela não podia ser pior quando o time estava na defesa, mas nós estávamos ganhando bases demais para que isso fosse um grande problema. Acho que teria sido melhor se ela tentasse pegar bolas com praticamente qualquer coisa, menos uma luva de apanhador. Só que ela não tirava a luva. Dizia que era bonitinha.

Durante mais ou menos um mês, depois disso, ela jogou beisebol com os Comanches algumas vezes por semana (sempre que tinha consulta com o dentista, aparentemente). Às vezes encontrava o ônibus na hora certa, às vezes chegava atrasada. Às vezes ela falava pelos cotovelos no ônibus, às vezes só ficava sentada fumando seus cigarros Herbert Tareyton (com filtros de cortiça). Quando você ficava do lado dela no ônibus, ela tinha o cheiro de algum perfume maravilhoso.

Num dia frio de abril, depois de parar para nos pegar como sempre às três horas na esquina da 109 com a Amsterdam, o Cacique virou o ônibus lotado para a 110 e desceu tranquilamente a Quinta Avenida. Mas seu cabelo estava penteado e úmido, ele estava com seu sobretudo em vez da jaqueta de couro, e eu supus com alguma segurança que Mary Hudson iria se juntar a nós. Quando passamos direto pela nossa entrada do parque, eu tive certeza. O Cacique estacionou o ônibus na esquina, na altura da rua 60, que era adequada a essas ocasiões. Então, para matar o tempo de modo indolor para os Comanches, ele virou para trás, abraçando o encosto do banco com as pernas, e soltou mais um capítulo de "O Gargalhada". Eu lembro do capítulo nos mínimos detalhes, e preciso fazer um breve resumo dele.

Um fluxo de circunstâncias jogou o melhor amigo do Gargalhada, seu lobo cinzento chamado Asa Negra, numa armadilha física e intelectual preparada pelos Dufarge. Os Dufarge, sabendo do elevado senso de lealdade do Gargalhada, ofereceram-lhe a liberdade de Asa Negra em troca da sua. Com a maior boa-fé do mundo, o Gargalhada concordou com essas condições. (Alguns detalhes menores da mecânica de seu gênio ficavam muitas vezes sujeitos a misteriosas pequenas panes.) Combinou-se que o Gargalhada iria encontrar os Dufarge à meia-noite num certo trecho da densa floresta que cercava Paris, e ali, à luz da lua, Asa Negra seria libertado. Contudo, os Dufarge não tinham a menor intenção de libertar Asa Negra, que temiam e odiavam. Na noite da transação, eles acorrentaram outro lobo cinzento no lugar de Asa Negra, tingindo primeiro de um branco igual ao da neve a sua pata traseira esquerda, para que ficasse parecida com a de Asa Negra.

Mas havia duas coisas com que os Dufarge não tinham contado: a sentimentalidade do Gargalhada e seu domínio da língua dos lobos cinzentos. Assim que permitiu que a filha de Dufarge o prendesse com arame farpado a uma árvore, o Gargalhada sentiu o desejo de levantar sua linda voz melodiosa, numas poucas palavras de adeus a seu suposto velho amigo. O substituto, a poucos enluarados metros dali, impressionou-se com o domínio da língua demonstrado pelo desconhecido e ficou educadamente ouvindo por um momento esses últimos conselhos, pessoais e profissionais, que o Gargalhada ia fornecendo. Mas no fim o substituto foi ficando impaciente e começou a se mexer inquieto. Abruptamente, e de maneira algo desagradável, ele interrompeu o Gargalhada com a informação de que, em primeiro lugar, seu nome não era Asa Escura ou Asa Negra ou Perna Cinza ou alguma bobagem dessas, era Armand, e, em segundo lugar, ele nunca estivera na China na sua vida toda, e não tinha a menor intenção de ir até lá.

Devidamente enfurecido, o Gargalhada afastou sua máscara com a língua e confrontou os Dufarge com seu rosto exposto à luz da lua. A reação de Mlle. Dufarge foi desmaiar na mesma hora. Seu pai teve mais sorte. Por acaso, ele estava no meio de um de seus ataques de tosse no momento e portanto perdeu a letal revelação. Quando o ataque de tosse passou e ele viu a filha esticada de costas no chão iluminado pela lua, Dufarge somou dois e dois. Protegendo os olhos com a mão, ele disparou todo o pente de balas de sua automática na direção do som da respiração pesada e sibilante do Gargalhada.

O capítulo acabou ali.

O Cacique tirou seu Ingersoll baratinho do bolso do relógio, deu uma olhada, depois girou de novo no banco e ligou o motor. Eu verifiquei o meu próprio relógio. Eram quase quatro e meia. Enquanto o ônibus seguia adiante, eu perguntei ao Cacique se ele não ia esperar por Mary Hudson. Ele não me respondeu, e antes que eu pudesse repetir a minha pergunta ele inclinou a cabeça para trás e se dirigiu a todos nós: "Vamos ficar um pouco em silêncio na droga desse ônibus". Sem levar em conta qualquer outra coisa, a ordem já era basicamente insensata. O ônibus estivera, e estava, muito quieto. Quase todo mundo pensava na situação em que o Gargalhada havia sido deixado. Nós já tínhamos passado fazia muito tempo do ponto em que nos *preocupávamos* com seu destino — tínhamos confiança demais nele para isso —, mas jamais ultrapassamos o ponto em que aceitaríamos em silêncio seus momentos mais arriscados.

No terceiro ou quarto inning do nosso jogo de beisebol daquela tarde, eu lá da primeira base vi Mary Hudson. Ela estava sentada num banco, uns cem metros à minha esquerda, ensanduichada entre duas babás com carrinhos de bebê. Vestia seu casaco de castor, estava fumando um cigarro, e parecia estar olhando na direção do nosso jogo. Fiquei empolgado com a minha descoberta e berrei a informação para o Cacique, atrás do arremessador. Ele veio apressado, não exatamente correndo, falar comigo. "Onde?", ele me perguntou. Eu apontei de novo. Ele encarou por um momento a direção correta, depois disse que voltava rapidinho e saiu do campo. Saiu lentamente, abrindo o sobretudo e colocando as mãos nos bolsos traseiros das calças. Eu sentei na primeira base e fiquei assistindo. Quando o Cacique chegou até Mary Hudson, seu sobretudo já estava novamente abotoado, e suas mãos estavam do lado do corpo.

Ele ficou de pé ao seu lado por cerca de cinco minutos, aparentemente conversando com ela. Então Mary Hudson se levantou, e os dois vieram na direção do campo de beisebol. Eles não conversaram enquanto andavam, nem se olharam. Quando chegaram ao campo, o Cacique assumiu sua posição atrás do arremessador. Eu berrei para ele, "Ela não vai jogar?". Ele me disse para ficar quietinho. Eu fiquei quietinho, olhando para Mary Hudson. Ela caminhou lentamente por trás da base, com as mãos nos bolsos do casaco de castor, e finalmente sentou num banco de jogadores da reserva, logo depois da terceira base. Acendeu outro cigarro e cruzou as pernas.

Quando os Guerreiros estavam rebatendo, eu fui até o banco e perguntei se ela estava com vontade de jogar de *left fielder*.

Ela sacudiu a cabeça. Perguntei se ela estava gripada. Ela sacudiu de novo a cabeça. Eu lhe disse que não tinha quem jogasse pela esquerda. Disse que eu estava com um sujeito cobrindo o central *e* a esquerda. Essa minha informação não gerou resposta. Joguei minha luva de primeira base para cima e tentei fazer com que caísse na minha cabeça, mas ela caiu numa poça de lama. Eu limpei a lama nas calças e perguntei a Mary Hudson se ela queria ir jantar na minha casa um dia desses. Eu lhe disse que o Cacique ia sempre. "Me deixe em paz", ela disse. "Por favor, só me deixe em paz." Eu fiquei olhando para ela, então fui na direção do banco dos Guerreiros, tirando uma tangerina do bolso e jogando a fruta para cima. Mais ou menos na metade do caminho, sobre a linha de falta da terceira base, eu dei meia-volta e comecei a caminhar de costas, olhando para Mary Hudson e segurando minha tangerina. Eu não tinha ideia do que estava se passando entre o Cacique e Mary Hudson (e ainda não tenho nenhuma ideia que ultrapasse um nível bem elementar e intuitivo), mas mesmo assim não podia estar mais seguro de que Mary Hudson estaria permanentemente fora da escalação dos Comanches. Era o tipo de certeza plena, apesar de independente da soma de seus fatos, que pode deixar o ato de caminhar de costas ainda mais perigoso que o normal, e eu trombei direto com um carrinho de bebê.

Depois de mais um inning, a luz ficou ruim para jogar. O jogo foi encerrado, e nós começamos a catar todo o equipamento. Na última boa olhada que dei em Mary Hudson, ela estava lá perto da terceira base, chorando. O Cacique segurava a manga de seu casaco de castor, mas ela escapou. Saiu correndo do campo para o caminho pavimentado, e continuou correndo, até eu não poder mais vê-la. O Cacique não foi atrás. Ele só ficou observando enquanto ela sumia. Então se virou e voltou para a base para pegar nossos dois tacos; nós sempre deixávamos os tacos para ele carregar. Eu fui até ele e perguntei se ele e Mary Hudson tinham brigado. Ele me mandou pôr a camisa para dentro.

Como sempre, nós, os Comanches, fizemos correndo o trecho final da distância que nos separava do lugar onde o ônibus estava estacionado, gritando, trocando empurrões, testando manobras de estrangulamento nos colegas, mas todos muito conscientes do fato de que era novamente hora de "O Gargalhada". Correndo pela Quinta Avenida, alguém derrubou uma blusa extra ou abandonada, e eu tropecei nela e me estatelei. Consegui terminar a corrida até o ônibus, mas os melhores assentos estavam ocupados àquela altura e eu tive que sentar no meio do ônibus. Irritado com a situação, dei uma cotovelada nas costelas do menino sentado à minha direita, então olhei para o outro lado e fiquei vendo o Cacique atravessar a avenida. Ainda não estava escuro lá fora, mas uma penumbra das cinco e quinze tinha se instalado. O Cacique atravessou a rua com a gola erguida, tacos debaixo do braço esquerdo, com toda a sua concentração dedicada à rua. Seu cabelo preto, que antes estava penteado e úmido, agora estava seco e soprado pelo vento. Eu lembro de ter desejado que o Cacique tivesse luvas.

O ônibus, como sempre, estava quieto quando ele entrou — quieto na mesma proporção, pelo menos, em que estaria um teatro onde as luzes da plateia vão se apagando. As conversas iam sendo encerradas num sussurro apressado ou abandonadas de todo. Mesmo assim, a primeira coisa que o Cacique nos disse foi, "Tudo bem, vamos parar com o barulho, senão não tem história". Num instante, um silêncio incondicional tomou o ônibus, privando o Cacique de qualquer alternativa a não ser a de assumir sua posição narrativa. Quando o fez, ele pegou um lenço e metodicamente assoou o nariz, uma narina de cada vez. Nós o observávamos com paciência e até com certa nota de interesse de espectadores. Quando não precisava mais do lenço, ele o dobrou criteriosamente e o repôs no bolso. Então nos deu o novo capítulo de "O Gargalhada". Do começo ao fim, não durou mais que cinco minutos.

Quatro das cinco balas de Dufarge atingiram o Gargalhada, duas delas no coração. Quando Dufarge, que ainda cobria os olhos para não ver o rosto do Gargalhada, ouviu uma estranha exalação de agonia provinda da direção do alvo, ele ficou felicíssimo. Com seu coração de pedra batendo enlouquecido, foi correndo até a filha inconsciente e a despertou. O par, fora de si de tanta alegria e tomado pela coragem dos covardes, ousou agora olhar para o Gargalhada. Sua cabeça estava curvada como a de um morto, com o queixo apoiado em seu peito ensanguentado. Lenta e avidamente, pai e filha foram examinar seu prêmio. Uma bela surpresa os aguardava. O Gargalhada, nada morto, estava contraindo os músculos da barriga de uma maneira secreta. Quando os Dufarge chegaram perto o bastante, ele subitamente ergueu o rosto, soltou uma terrível risada e cuidadosamente, minuciosamente até, regurgitou todas as quatro balas. O impacto de seu feito sobre os Dufarge foi tão agudo que o coração dos dois literalmente estourou, e eles caíram mortos aos pés do Gargalhada. (Se o capítulo devia ser dos curtos *mes*mo, podia ter acabado aí; os Comanches poderiam ter dado um jeito de racionalizar a morte súbita dos Dufarge. Mas ele não acabou aí.) Por dias a fio, o Gargalhada continuou atado à árvore pelo arame farpado, com os Dufarge se decompondo aos seus pés. Sangrando abundantemente e longe de seu suprimento de sangue de águia, ele nunca esteve mais perto de morrer. Contudo, um dia, com uma voz roufenha mas eloquente, ele pediu ajuda aos animais da floresta. Ele os convocou para ir buscar Omba, o adorável anão. E eles foram. Mas ir e voltar pela fronteira Paris-China era uma viagem longa, e quando Omba chegou à cena com um kit médico e um suprimento fresquinho de sangue de águia, o Gargalhada estava em coma. O primeiro de todos os atos de misericórdia de Omba foi recuperar a máscara do mestre, que tinha sido soprada pelo vento para cima do torso infestado de vermes de Mlle. Dufarge. Ele a colocou respeitosamente sobre os traços hediondos, e então começou a tratar dos ferimentos.

Quando os olhinhos do Gargalhada finalmente se abriram, Omba ergueu ansiosamente o frasco de sangue de águia para a máscara. Mas o Gargalhada não bebeu do frasco. Em vez disso, pronunciou sem energia o nome de seu amado Asa Negra. Omba curvou a própria cabeça levemente distorcida e revelou ao mestre que os Dufarge tinham matado Asa Negra. Um singular e dolorosíssimo soluço de dor final saiu do Gargalhada. Ele estendeu uma mão pálida para o frasco de sangue de águia e o esmagou. O pouco de sangue que ele ainda continha escorreu num fio fino por seu pulso. Ordenou que Omba se afastasse e, soluçando, Omba obedeceu. O último gesto do Gargalhada, antes de virar o rosto para o chão ensanguentado, foi arrancar sua máscara.

A história, é claro, acabou aí. (E jamais foi retomada.) O Cacique deu partida no ônibus. Na fileira de assentos paralela à minha, Billy Walsh, que era o mais novo de todos os Comanches, caiu no choro. Nenhum de nós disse para ele calar a boca. Quanto a mim, eu lembro que meus joelhos tremiam.

Poucos minutos depois, quando eu saí do ônibus do Cacique, a primeira coisa que vi, por acaso, foi um pedaço de papel de seda vermelho que, soprado pelo vento, tremulava contra a base de um poste de luz. Parecia a máscara de papoula de alguém. Cheguei em casa com os dentes batendo de maneira incontrolável, e me mandaram direto para a cama.

Lá no bote

Passava um pouco das quatro horas de uma tarde de calor inesperado. Umas quinze ou vinte vezes desde a hora do almoço, Sandra, a empregada, voltou com a boca tensa da janela da cozinha que dava para o lago. Dessa vez, ao voltar, ela desatou e reatou distraída a fita do seu avental, ocupando a pequena folga que sua cintura imensa concedia. Então retornou para a mesa esmaltada e depositou seu corpo recém-uniformizado na cadeira que estava diante da sra. Snell. A sra. Snell, que havia terminado de limpar a casa e passar a roupa, estava tomando sua tradicional xícara de chá antes de descer a rua até o ponto de ônibus. A sra. Snell estava de chapéu. Era o mesmo chapelinho interessante, de feltro preto, que ela vinha usando não apenas durante todo o verão, mas nos três últimos verões — atravessando ondas de calor inéditas, uma mudança de vida, dúzias de diferentes tábuas de passar, pilotando dezenas de aspiradores. A etiqueta da Hattie Carnegie ainda estava ali dentro, desbotada mas (podia-se dizer) orgulhosa.

"Eu não vou ficar preocupada", Sandra anunciou, pela quinta ou sexta vez, dirigindo-se à sra. Snell mas também a si própria. "Eu decidi que não vou ficar preocupada. Pra *quê*?"

"Isso mesmo", disse a sra. Snell. "*Eu* é que não ia me preocupar. Não mesmo. Você me passa a minha bolsa, meu anjo?"

Uma bolsinha de couro, extremamente gasta, mas que carregava uma etiqueta tão importante quanto a que ficava por dentro do chapéu da sra. Snell, estava na despensa. Sandra conseguiu pegar a bolsa sem levantar da cadeira. Ela a passou pela mesa para a sra. Snell, que a abriu e tirou dali um maço de cigarros mentolados e uma caixinha de fósforos do Stork Club.

A sra. Snell acendeu um cigarro e depois levou a xícara de chá até a boca, mas imediatamente a recolocou no pires. "Se isso aqui não der jeito de esfriar de uma vez, eu vou é perder o ônibus." Deu uma espiada em Sandra, que estava olhando fixo, de maneira torturada, na direção geral das caçarolas de cobre enfileiradas contra a parede. "Pare de se *preocupar* com isso", a sra. Snell ordenou. "De que é que adianta você ficar toda preocupada. Ou ele conta ou não conta pra ela. E pronto. De que é que adianta ficar *preocupada*?"

"Eu não estou *preocupada*", Sandra reagiu. "A última coisa que eu vou fazer é ficar *preocupada*. Mas é de te deixar maluca, o jeito desse menino ficar andando na pontinha dos pés pela casa. Não dá pra *ouvir* o moleque, sabe. Assim, ninguém *ouve* o menino, sabe. Dia desses ainda eu estava debulhando feijão — bem nessa mesa aqui — e quase que eu piso na *mão* dele. Ele estava sentado bem debaixo da mesa."

"Bom. Mas eu é que não ia ficar me preocupando."

"Assim, tem que pensar em tudo antes de falar, com ele por perto", Sandra disse. "É de te deixar doida."

"E *ainda* não dá pra eu tomar esse negócio", a sra. Snell disse. "… Isso é um horror. Quando você tem que pensar em tudo antes de falar e tal."

"É de te deixar doida! Sério. Eu vivo quase maluca." Sandra espanou migalhas imaginárias do colo, e riu pelo nariz. "Um menino de quatro aninhos!"

"É um moleque bonito", disse a sra. Snell. "Com aquele olhão preto e tudo."

Sandra riu de novo pelo nariz. "Ele vai ter o nariz do pai, escritinho." Ela ergueu a xícara e tomou um gole sem dificuldade alguma. "*Eu* é que não sei por que eles querem ficar por aqui o mês de outubro inteiro", ela disse insatisfeita, baixando a xícara. "Assim, nenhum deles nem chega *perto* da água agora. *Ela* não entra, *ele* não entra, o *menino* não entra. Nin*guém* entra, agora. Eles nem pegam mais aquele barco doido deles. Não sei por que eles foram pagar aquela grana no barquinho."

"Não sei como é que você consegue tomar o seu. Eu nem consigo tomar o meu."

Sandra encarou rancorosamente a parede do outro lado. "Eu vou ficar tão feliz de voltar pra cidade. Sem brincadeira. Eu odeio esse lugar maluco." Ela lançou um olhar hostil para a sra. Snell. "Tudo bem pra *senhora*, que a senhora mora aqui o ano todo. A senhora tem uma vida social aqui e tal. Aí tanto faz."

"Eu vou tomar isso aqui nem que eu morra", a sra. Snell disse, olhando para o relógio acima do fogão elétrico.

"O que é que a *senhora* fazia se fosse eu?", Sandra perguntou abruptamente. "Assim, o que é que a senhora fazia? Fala a verdade."

Era o tipo de pergunta que caía na sra. Snell como se fosse um casaco de vison. Ela imediatamente largou a xícara. "Bom, em *primeiro* lugar", ela disse, "eu não ia ficar *preocupada*. O que eu ia sim *fazer* era que eu ia procurar outra —"

"Eu não estou *preocupada*", Sandra interrompeu.

"Eu sei, mas o que *eu* ia fazer era simplesmente conseguir —"

A porta de vaivém da sala de estar se abriu e Boo Boo Tannenbaum, a dona da casa, entrou na cozinha. Era uma moça de vinte e cinco anos de idade, pequena, quase sem quadril, com um cabelo quebradiço, sem corte e sem cor, preso atrás das orelhas, que eram muito grandes. Estava usando uma bermuda jeans, um pulôver preto de gola rulê e mocassins com meias. Descontado aquele nome ridículo, descontada sua ausência de atrativos, ela era — em termos de rostos comuns, permanentemente memoráveis e exageradamente perceptivos — uma moça deslumbrante e definitiva. Foi direto até a geladeira e a abriu. Enquanto olhava ali dentro, de pernas abertas e mãos nos joelhos, ela assoviava, de modo nada melódico, entre dentes, marcando o compasso com um leve movimento pendular e desinibido do traseiro. Sandra e a sra. Snell ficaram caladas. A sra. Snell apagou seu cigarro, sem pressa.

"Sandra..."

"Sim, senhora?" Sandra olhou atenta por sobre o chapéu da sra. Snell.

"Não tem mais picles? Eu queria levar um pra ele."

"Ele comeu", Sandra relatou de modo inteligente. "Comeu antes de ir dormir ontem de noite. Só tinha mais dois."

"Ah. Bom, vou comprar mais quando eu for até a estação. Eu pensei que talvez desse pra arrancar ele daquele barco." Boo Boo fechou a porta da geladeira e foi até a janela do lado para dar uma olhada. "A gente precisa de mais alguma coisa?", ela perguntou, na janela.

"Só pão."

"Eu deixei o seu cheque na mesa da entrada, sra. Snell. Obrigada."

"Tá", disse a sra. Snell. "Acho que o Lionel já vai fugir." Ela deu uma risadinha.

"Olha que parece mesmo", Boo Boo disse, e meteu as mãos nos bolsos de trás da bermuda.

"Pelo menos ele não vai *muito* longe quando foge", a sra. Snell disse, dando outra risadinha.

À janela, Boo Boo mudou levemente de posição, para não ficar totalmente de costas para as duas mulheres à mesa. "Não", ela disse, e prendeu alguns fios atrás da orelha. Acrescentou, de maneira puramente informativa: "Ele mete o pé na estrada direto desde os dois anos de idade. Mas nunca muito longe. Acho que o mais longe que ele chegou — na cidade, pelo menos — foi o mall que atravessa o Central Park. Só a umas quadras de casa. O menos longe — ou mais perto — que ele chegou foi a porta da frente do nosso prédio. Ele ficou por ali pra dar tchau pro pai".

As duas mulheres à mesa riram.

"O mall é onde eles vão patinar lá em Nova York", Sandra disse muito sociável para a sra. Snell. "As crianças e tal."

"Ah!", disse a sra. Snell.

"Ele tinha só três aninhos. Foi agora, ano passado", Boo Boo disse, tirando um maço de cigarros e uma caixinha de fósforos de um bolso lateral da bermuda. Ela acendeu um cigarro, enquanto as duas mulheres a observavam intrepidamente. "O maior fuzuê. A gente botou a polícia toda atrás dele."

"E acharam ele?", disse a sra. Snell.

"Claro que acharam ele!", disse Sandra com desprezo. "A senhora pensa o *quê*?"

"Acharam ele às onze e quinze da noite, no meio de — Jesus amado, fevereiro, acho que era. Nenhuma criança no parque. Só ladrõezinhos, acho, e um punhado de degenerados sem-teto. Ele estava sentado no coreto, jogando uma bolinha de gude pra frente e pra trás numa fresta do piso. Quase morrendo de frio e com cara de —"

"Credo em cruz!", disse a sra. Snell. "Como que ele me fez uma coisa dessas? Assim, ele estava fugindo era de quê?"

Boo Boo soprou um único e defeituoso anel de fumaça contra um vidro da janela. "Uma criança qualquer no parque, de tarde, veio falar com ele com a delirante informação equivocada de que 'Você é um bostinha'. Pelo menos é por isso que a gente acha que ele fugiu. Eu não sei, sra. Snell. A coisa é meio complicada demais pra mim."

"Tem quanto tempo que ele apronta dessas?", perguntou a sra. Snell. "Assim, tem quanto tempo que ele apronta dessas?"

"Bom, com dois anos e meio de idade", Boo Boo disse biograficamente, "ele se escondeu embaixo de uma pia no porão do nosso prédio. Lá na lavanderia. A Naomi não sei das quantas — uma amiguinha dele — disse que ele estava com uma minhoca na garrafinha térmica. Pelo menos foi o que a gente conseguiu arrancar dele." Boo Boo suspirou e se afastou da janela equilibrando uma longa cinza no cigarro. Seguiu na direção da porta de tela. "Vou dar mais uma tentada", ela disse, como um adeus para as duas mulheres.

Elas riram.

"Mildred", Sandra, ainda rindo, dirigiu-se à sra. Snell, "você vai perder o ônibus se não se sacudir."

Boo Boo fechou a porta de tela ao sair.

Ela parou no leve declive do gramado da casa, com o sol baixo do fim da tarde pelas costas. Cerca de duzentos metros à frente, seu filho Lionel estava sentado no banco de popa do bote do pai. Amarrado e privado da vela grande e da bujarrona, o bote flutuava num perfeito ângulo reto em relação à ponta do píer. Cerca de quinze metros mais longe, um esqui aquático perdido ou abandonado boiava de cabeça para baixo, mas não havia barcos de recreação no lago; só se via a popa da lancha do condado que seguia para Leech's Landing. Boo Boo achou estranhamente difícil manter Lionel em foco. O sol, ainda que não estivesse especialmente quente, estava mesmo assim brilhante a ponto de fazer qualquer imagem um pouco mais afastada — menino ou bote — parecer quase tão trêmula e refratada quanto um bastão mergulhado na água. Depois de alguns minutos, Boo Boo desistiu de tentar. Ela desmanchou seu cigarro à maneira militar e foi na direção do píer.

Era outubro, e as tábuas do píer não tinham mais a capacidade de agredir seu rosto com o calor que refletiam. Ela caminhava assoviando "Kentucky Babe" entre dentes. Quando chegou à ponta do píer, ela se agachou, com os joelhos estralando, na borda direita, e olhou de cima para Lionel. Ele estava a menos de um remo de distância dela. Ele não ergueu os olhos.

"Ó de bordo", Boo Boo disse. "Amigo. Pirata. Bandido. Voltei."

Ainda sem erguer os olhos, Lionel abruptamente pareceu sentir que precisava demonstrar sua competência de navegador. Ele virou a inútil cana do leme toda para a direita, e então a trouxe imediatamente de volta com um puxão. Manteve os olhos exclusivamente no convés do barco.

"Eis-me aqui", Boo Boo disse. "Vice-almirante Tannenbaum. Em solteira, Glass. Para a inspeção dos estermáforos."

Não houve resposta.

"Você não é almirante. Você é *mulher*", Lionel disse. As frases dele normalmente tinham ao menos um lapso de controle de respiração, de modo que muitas vezes as palavras que ele enfatizava, em vez de subir, afundavam. Boo Boo não somente ouvia sua voz, parecia observá-la.

"Quem foi que te disse isso? Quem foi que te disse que eu não era almirante?"

Lionel respondeu, mas inaudível.

"*Quem?*", disse Boo Boo.

"O papai."

Ainda agachada, Boo Boo pôs a mão esquerda por entre o V das pernas, tocando as tábuas do píer para manter o equilíbrio. "O seu pai é um sujeito bacana", ela disse, "mas ele é provavelmente o maior pé-seco que eu conheço. É absolutamente verdade que quando em terra eu sou uma mulher — *isso* é verdade. Mas a minha verdadeira vocação sempre foi, é e será o ilimitado —"

"Você não é almirante", Lionel disse.

"Você pode repetir?"

"Você não é almirante. Você é mulher o tempo todo."

Houve um breve silêncio. Lionel preencheu esse tempo alterando de novo a rota de sua embarcação — ele usava duas mãos para operar a cana do leme. Estava vestindo um calção cáqui e uma camiseta branca limpa com uma estampa, no peito, que exibia Jerônimo Avestruz tocando violino. Ele estava bem bronzeado, e seu cabelo, que era quase exatamente como o da mãe em termos de cor e textura, estava um pouco descolorido no topo da cabeça pela ação do sol.

"*Muita* gente acha que eu não sou almirante", Boo Boo disse, olhando para ele. "Só porque eu não fico contando vantagem." Mantendo o equilíbrio, ela tirou um cigarro e os fósforos do bolso lateral da bermuda. "Eu quase nunca me vejo tentada a discutir a minha patente naval com as pessoas. Especialmente menininhos que nem me olham quando eu falo com eles. Iam me expulsar da porcaria da marinha." Sem acender o cigarro, ela de repente se pôs de pé, ficou exageradamente ereta, fez um oval com polegar e indicador da mão direita, levou o oval até a boca e — como num *kazoo* — soltou algo que parecia um toque de clarim. Lionel imediatamente ergueu os olhos. É quase certo que ele soubesse que o toque era inventado, mas mesmo assim pareceu muito excitado; ficou boquiaberto. Boo Boo tocou o clarim — uma singular fusão dos toques de Silêncio e Alvorada — três vezes, sem pausas. Então, cerimoniosamente, ela prestou continência para a outra margem do lago. Quando finalmente voltou à sua posição agachada na borda do píer, pareceu fazê-lo com o máximo de arrependimento, como se tivesse ficado profundamente tocada por uma das virtudes da tradição naval que são vedadas ao público e a meninos pequenos. Ela ficou um momento encarando o mesquinho horizonte do lago, então pareceu lembrar que não estava totalmente só. Olhou — veneravelmente — para Lionel lá embaixo, que ainda estava de boca aberta. "Foi um toque secreto de clarim, que só os almirantes podem ouvir." Ela acendeu o cigarro e soprou o fósforo com um jato de fumaça teatralmente fino e longo. "Se alguém ficasse sabendo que eu deixei você ouvir esse toque —" Ela sacudiu a cabeça. Novamente cravou no horizonte o sextante de seus olhos.

"Toca de novo."

"Impossível."

"Por quê?"

Boo Boo deu de ombros. "Pra começo de conversa, tem muito oficial de patente baixa por aqui." Ela mudou de posição, sentando-se de pernas cruzadas, como uma índia. Ergueu as meias. "Mas eu vou fazer o seguinte", ela disse, objetivamente. "Se você me contar por que você está fugindo, eu te mostro todos os toques secretos de clarim que eu conheço. Tudo bem?"

Lionel imediatamente baixou de novo os olhos para o convés. "Não", ele disse.

"Por que não?"

"Porque sim."

"Mas por quê?"

"Porque eu não quero", disse Lionel, e deu um tranco na cana do leme para acrescentar ênfase.

Boo Boo protegeu do sol o lado direito do rosto. "Você me falou que tinha parado com isso de fugir", ela disse. "A gente conversou e você me falou que tinha parado. Você jurou pra mim."

Lionel deu uma resposta, mas ela não se fez ouvir.

"O quê?", disse Boo Boo.

"Eu não jurei."

"Ah, jurou sim. Jurou mesmo."

Lionel voltou a cuidar do leme de seu barco. "Se você é almirante", ele disse, "cadê a sua *esquadra*?"

"A minha esquadra. Fico feliz que você tenha perguntado", Boo Boo disse, e começou a descer para o bote.

"Sai!", Lionel ordenou, mas sem cair num gritinho, e mantendo os olhos baixos. "Ninguém pode entrar."

"Ah, não?" O pé de Boo Boo já estava tocando a proa do barco. Ela obedientemente o trouxe de volta ao nível do píer. "Ninguém mesmo?" Ela voltou à sua posição de índia. "Por que não?"

A resposta de Lionel foi completa, mas, de novo, não teve volume suficiente.

"O quê?", disse Boo Boo.

"Porque ninguém tem direito."

Boo Boo, de olhos firmemente fixos no menino, ficou um minuto inteiro sem falar.

"Mas que pena", ela disse, finalmente. "Eu ia adorar entrar no seu barco. Eu fico tão sozinha sem você. Com tanta saudade. Eu fiquei o dia todo sozinha em casa sem ninguém pra conversar comigo."

Lionel não moveu a cana do leme. Examinava a textura da madeira da manopla. "Você pode conversar com a Sandra", ele disse.

"A Sandra está ocupada", Boo Boo disse. "E além do mais eu não quero conversar com a Sandra, eu quero conversar com você. Eu quero descer pro seu barco e conversar com você."

"Você pode conversar daí mesmo."

"O quê?"

"Você pode conversar *daí* mesmo."

"Não posso não. É muito longe. Eu tenho que ficar pertinho."

Lionel moveu o leme. "Ninguém pode entrar", ele disse.

"O quê?"

"Ninguém pode *entrar*."

"Bom, você pode me dizer daí mesmo por que você está fugindo?", Boo Boo perguntou. "Depois de me jurar que tinha parado com isso?"

Uma máscara de mergulho estava no convés do bote, perto do banco da popa. Como resposta, Lionel prendeu a tira da máscara entre o dedão e o segundo dedo do pé direito e, com um hábil e breve movimento da perna, jogou a máscara por sobre a amurada. Ela imediatamente afundou.

"Que bacana. Que construtivo", disse Boo Boo. "É do seu tio Webb. Ah, ele vai ficar tão contente." Ela tragou o cigarro. "Era do seu tio Seymour."

"Não estou nem aí."

"Eu sei. Estou vendo que você não está nem aí mesmo", Boo Boo disse. Seu cigarro estava curiosamente angulado entre os dedos; queimava perigosamente perto da dobra de uma das juntas. Subitamente sentindo o calor, ela deixou o cigarro cair na superfície do lago. Então tirou alguma coisa de um dos bolsos laterais. Era um pacote, mais ou menos do tamanho de um baralho, embrulhado em papel branco e amarrado com uma fita verde. "Isso é um chaveiro", ela disse, sentindo que os olhos do menino se erguiam para ela. "Igualzinho o do papai. Mas com bem mais chaves que o dele. Este aqui tem dez chaves."

Lionel se inclinou para a frente no seu banco, largando a cana do leme. Ele estendeu as mãos esperando um arremesso. "Joga?", ele disse. "Por favor?"

"Vamos ficar onde estamos um minutinho, querido. Eu tenho que pensar um pouco. Eu *devia* era jogar esse chaveiro no lago."

Lionel olhou para ela boquiaberto. Ele fechou a boca. "É meu", ele disse com uma decrescente nota de justiça.

Boo Boo, olhando para ele, deu de ombros. "Eu não estou nem aí."

Lionel lentamente sentou de novo, olhando para a mãe, e estendeu a mão para a cana do leme atrás de si. Seus olhos refletiam pura percepção, como sua mãe sabia que o fariam.

"Toma." Boo Boo jogou o pacote para ele. Caiu-lhe bem no colo.

Ele olhou para o colo, pegou o pacote, olhou para o que tinha na mão e jogou — sem nem descolar o braço do corpo — no lago.

Ele então ergueu imediatamente os olhos para Boo Boo, cheios não de desafio, mas de lágrimas. Em mais um instante, sua boca estava distorcida num 8 horizontal, e ele chorava vigorosamente.

Boo Boo se pôs de pé, cuidadosamente, como alguém cujo pé adormeceu no teatro, e desceu para o bote. Em segundos já estava no banco da popa, com o piloto no colo, e o embalava, beijando-lhe a nuca e lhe dando certas informações: "Marujo não *chora*, meu bem. Marujo *nunca* chora. Só quando o navio afunda. Ou quando ele vira náufrago, de jangada e tudo, sem nada pra beber a não ser —".

"A Sandra — disse pra sra. Smell — que o papai é um judeu — sovina."

Boo Boo não conseguiu deixar de acusar o golpe, mas ergueu o menino e o colocou de pé à sua frente, tirando-lhe o cabelo da testa. "Ela falou isso, então?", ela disse.

Lionel moveu enfaticamente a cabeça para cima e para baixo. Ele chegou mais perto, ainda chorando, para ficar entre as pernas da mãe.

"Bom, isso não é *tão* terrível assim", Boo Boo disse, segurando o menino entre os tornos de seus braços e pernas. "Não é a *pior* coisa que podia acontecer." Ela delicadamente mordeu a borda da orelha do menino. "Você sabe o que é um judeu sovina, meu bem?"

Lionel estava ou sem vontade ou sem capacidade de falar na hora. De qualquer maneira, ele esperou até que os soluços que vieram depois das lágrimas diminuíssem um pouco. Então sua resposta foi dada, abafada mas inteligível, no pescoço morno de Boo Boo. "É um daqueles *caras*", ele disse. "Aqueles caras que sovam o *pão*."

Para poder olhar direito para ele, Boo Boo afastou um pouco o filho de si. Então pôs uma mão intrometida dentro dos fundilhos das calças dele, assustando consideravelmente o menino, mas quase imediatamente trouxe a mão de volta e decorosamente enfiou a camisa dele para dentro. "Olha o que a gente vai fazer", ela disse. "A gente vai de carro até a cidade pra comprar picles e pão, e a gente vai comer os picles no carro, e aí a gente vai até a estação pra pegar o papai, e aí a gente traz o papai pra casa e faz ele levar a gente pra passear de barco. Você vai ter que ajudar a trazer as velas pra cá. Tudo bem?"

"Tudo bem", disse Lionel.

Eles não voltaram andando para casa; apostaram corrida. Lionel ganhou.

Para Esmé — com amor e sordidez

Recentemente, por correio aéreo, recebi o convite de um casamento que vai acontecer na Inglaterra, no dia 18 de abril. Por acaso é um casamento de que eu daria muito para poder participar, e quando o convite chegou, pensei que podia conseguir fazer a viagem para o exterior, de avião, dane-se a despesa. Contudo, depois discuti a questão de maneira bem ampla com minha esposa, uma mulher de um bom senso atordoante, e nós decidimos contra a ideia — para começo de conversa, eu tinha esquecido completamente que minha sogra está querendo passar as duas últimas semanas de abril conosco. Eu não tenho mesmo muitas oportunidades de ver a mãe Grencher, e ela não é mais criança. Está com cinquenta e oito. (Como seria a primeira a admitir.)

Mas mesmo assim, esteja onde esti*ver*, não acho que eu seja o tipo de pessoa que não mexe uma palha para evitar que um casamento faça água. Por isso mesmo, acabei rabiscando umas poucas notas reveladoras a respeito da noiva, como eu a conheci quase seis anos atrás. Se as minhas notas gerarem para o noivo, que não conheço, um ou dois momentos incômodos, tanto melhor. Ninguém aqui está querendo agradar. Na verdade, é mais para edificar, instruir.

Em abril de 1944, eu estava num grupo de cerca de sessenta militares americanos que fizeram um curso de treinamento pré-invasão um tanto especializado, conduzido pela Inteligência Britânica, em Devon, na Inglaterra. E quando eu lembro me parece que éramos bastante singulares, aqueles sessenta, na medida em que não havia um único indivíduo social naquele grupo. Nós todos éramos figuras essencialmente epistolares, e quando conversávamos fora do horário de trabalho, era normalmente para perguntar se o outro tinha tinta sobrando. Quando não estávamos escrevendo cartas ou assistindo aulas, cada um de nós seguia basicamente o seu próprio caminho. O meu normalmente me levava, em dias abertos, a circular panoramicamente pelo campo. Quando chovia, eu normalmente ficava sentado em algum lugar seco e lia um livro, muitas vezes a não mais que um cabo de machado de distância de uma mesa de pingue-pongue.

O curso de treinamento durou três semanas, terminando num sábado de muita chuva. Às sete horas da última noite, nosso grupo todo embarcaria num trem para Londres, onde, diziam as más-línguas, seríamos distribuídos por divisões de infantaria ou de paraquedistas que estavam sendo reunidas para os desembarques do Dia D. Às três da tarde eu tinha guardado as minhas coisas na sacola de bivaque, inclusive um estojo de lona para máscaras de gás todo cheio de livros que eu tinha trazido do Outro Lado. (A máscara de gás propriamente dita eu tinha jogado por uma escotilha do *Mauretania* umas semanas antes, plenamente ciente de que se o inimigo de fato *usasse* gás eu nunca ia colocar aquela porcaria a tempo.) Lembro de ficar parado muito tempo diante de uma das janelas da extremidade do nosso barracão Quonset, olhando a chuva inclinada, melancólica, com o dedo do gatilho coçando levemente, ou nada. Podia ouvir atrás de mim o raspar nada amistoso de muitas canetas-tinteiro em muitas folhas de papel de carta. Abruptamente, sem nada especial em mente, eu me afastei da janela e coloquei minha capa de chuva, a echarpe de caxemira, galochas, luvas de lã e bibico (sendo que este último, pelo que ainda me dizem, eu usava num ângulo todo próprio — meio abaixado sobre as duas orelhas). Então, depois de sincronizar meu relógio de pulso com o da latrina, eu desci a longa ladeira de pedra molhada que levava à cidade. Ignorei os relâmpagos que estouravam à minha volta. Eles ou iam te pegar ou não iam.

No centro, que era provavelmente a parte mais molhada da cidade, eu parei diante de uma igreja para ler o quadro de avisos, especialmente porque os numerais que apareciam ali, preto no branco, tinham chamado a minha atenção, mas em parte porque, depois de três anos no exército, eu tinha ficado viciado em ler quadros de avisos. Às três e quinze, dizia o quadro, haveria um ensaio do coro infantil. Olhei para o meu relógio de pulso, e de novo para o quadro. Uma folha de papel estava presa com tachinhas, listando os nomes das crianças que deveriam comparecer ao ensaio. Fiquei parado na chuva lendo todos os nomes, e entrei na igreja.

Cerca de uma dúzia de adultos estava entre os bancos, vários deles com pares de galochas pequenas, com as solas viradas para cima, no colo. Eu fui passando e sentei na primeira fila. No púlpito, sentadas em três fileiras apertadas de cadeiras de auditório, estavam cerca de vinte crianças, quase todas meninas, que variavam entre sete e treze anos de idade. No momento, sua professora de canto coral, uma mulher imensa vestida de tweed, estava aconselhando as crianças a abrirem mais a boca quando cantassem. Será que alguém já tinha ouvido falar do passarinho que *ousou* cantar sua linda melodia sem primeiro abrir o bico bem, bem, bem grandão? Aparentemente ninguém tinha ouvido. Ela recebeu olhares firmes, opacos. Disse então que queria que *todas* as suas crianças absorvessem o *sentido* das palavras que cantavam, sem apenas ficar *repetindo*, como uns papagaios bobinhos. Ela então soprou uma nota em seu diapasão, e as crianças, como halterofilistas mirins, ergueram seus hinários.

Cantaram sem acompanhamento instrumental — ou, mais precisamente no caso delas, sem qualquer interferência. Suas vozes eram melodiosas e nada sentimentais, quase até um ponto em que um homem um tanto mais afiliado do que eu a alguma religião poderia, sem grande esforço, ter se sentido levitar. Algumas das crianças bem mais novas atrasavam um pouco o compasso, mas de uma maneira que seria reprovável apenas pela mãe do compositor. Eu jamais havia ouvido o hino, mas fiquei torcendo para que tivesse uma dúzia de estrofes, ou mais. Ouvindo, passava os olhos pelo rosto das crianças, mas prestava atenção em um deles em particular, o da criança que estava mais perto de mim, na cadeira da ponta da primeira fileira. Tinha seus treze anos, cabelo liso, loiro-acinzentado, que lhe batia na altura do lóbulo da orelha, uma testa linda e olhos blasés que, eu achei, podiam muito bem ter contado o público presente. Sua voz ficava nitidamente separada das vozes das outras crianças, e não só porque ela estava sentada mais perto de mim. Tinha o melhor registro agudo, com o som mais doce, mais seguro, e automaticamente levava as outras atrás de si. Mas a mocinha parecia levemente entediada com sua própria capacidade vocal, ou quem sabe só com o momento e o local; duas vezes, entre estrofes, eu vi que ela bocejava. Era um bocejo educado, de boca fechada, mas não havia como não ver; as abas de suas narinas entregavam tudo.

Assim que o hino acabou, a professora começou a dar sua longa opinião a respeito de quem não fica com os pés imóveis e o bico fechado durante o sermão do pastor. Entendi que a parte musical do ensaio tinha acabado, e antes que a dissonante fala da professora conseguisse quebrar de todo o enlevo gerado pelo canto das crianças, eu me levantei e saí da igreja.

Estava chovendo ainda mais forte. Desci a rua e olhei pela janela da sala de recreação da Cruz Vermelha, mas duas ou três camadas de soldados se acumulavam diante do balcão do café, e, mesmo do outro lado do vidro, eu já podia ouvir bolas de pingue-pongue quicando logo ao lado. Atravessei a rua e entrei num salão de chá civil, que estava vazio, fora uma garçonete de meia-idade, com cara de quem teria preferido um cliente com uma capa seca. Usei um cabideiro com toda a delicadeza possível, e então sentei em uma mesa e pedi chá e uma torrada de canela. Foi a primeira vez no dia inteiro em que eu falei com alguém. Então verifiquei todos os meus bolsos, inclusive os da capa de chuva, e finalmente encontrei algumas cartas velhas para reler, uma da minha esposa, que relatava como o serviço da confeitaria Schrafft da rua 88 tinha piorado, e uma da minha sogra, pedindo que eu lhe enviasse um novelo de lã de caxemira assim que tivesse uma chance de sair do meu "acampamento".

Enquanto eu ainda estava na primeira xícara de chá, a mocinha que fiquei observando e ouvindo no coro entrou no salão de chá. Seu cabelo estava encharcado, e a borda de suas duas orelhas aparecia. Trazia um menino bem pequeno, inequivocamente seu irmão, cujo boné ela retirou erguendo-o da cabeça dele com dois dedinhos, como se fosse um espécime de laboratório. Fechando o grupo vinha uma mulher de aparência eficiente, com um chapéu de feltro desabado — supostamente a governanta. A integrante do coro, tirando o casaco enquanto atravessava o salão, fez a escolha da mesa — uma boa mesa, do meu ponto de vista, já que ficava a uns três metros de distância, bem na minha frente. Ela e a governanta sentaram. O menininho, que tinha seus cinco anos de idade, ainda não estava pronto para sentar. Ele escapou de seu casaquinho e o largou; então, com a expressão impassível de um azucrinador nato, ele metodicamente se dedicou a irritar a governanta empurrando e puxando a cadeira várias vezes, de olho na cara dela. A governanta, falando baixo, deu-lhe duas ou três ordens para sentar e, no fundo, parar de bobagem, mas foi só quando a irmã falou com ele que o menino se convenceu e encostou a coluna lombar no assento da cadeira. Ele imediatamente pegou seu guardanapo e o colocou na cabeça. Sua irmã o retirou, abriu, e o colocou no seu colo.

Mais ou menos quando seu chá chegava, a integrante do coro me pegou encarando seu grupinho. Ela devolveu o olhar, com aqueles olhos de contar plateia, e então, abruptamente, deu-me um pequeno sorriso, com restrições. Foi estranhamente radiante, como certos pequenos sorrisos com restrições por vezes são. Sorri de volta, de modo muito menos radiante, mantendo o lábio superior sobre uma obturação temporária de campanha, negra como carvão, entre dois dos meus incisivos. Quando me dei conta, a mocinha estava de pé, com uma elegância invejável, junto da minha mesa. Usava um vestido de xadrez escocês — do clã Campbell, acredito. Na minha opinião era um vestido maravilhoso para uma menina daquela idade estar usando num dia de tanta, mas tanta, chuva. "Eu achava que os americanos detestavam chá", ela disse.

Não foi a observação de uma espertinha, mas sim de uma devota da verdade, ou da estatística. Respondi que alguns de nós nunca bebiam outra coisa *a não ser* chá. Perguntei se ela gostaria de sentar.

"Obrigada", ela disse. "Talvez por um brevíssimo momento."

Eu levantei e puxei uma cadeira para ela, a que ficava na minha frente, e ela sentou-se no primeiro quarto do assento, mantendo a coluna linda e tranquilamente ereta. Eu voltei — quase correndo — para a minha cadeira, mais do que disposto a contribuir com a minha parte da conversa. Mas depois de sentar não consegui pensar em nada para dizer. Sorri de novo, ainda mantendo a obturação negra ocultada. Comentei que estava um tempo horroroso.

"Sim; de fato", disse minha convidada, com a perceptível, inconfundível voz de alguém que abomina conversa-fiada. Ela pôs os dedos estendidos na borda da mesa, como alguém que estivesse numa sessão espírita, então, quase imediatamente, fechou as mãos — suas unhas estavam roídas até o sabugo. Usava um relógio de pulso de aparência militar, que parecia mais o cronógrafo de um navegador. O mostrador era grande demais para seu pulso fino. "Você estava no ensaio do coro", ela disse com objetividade. "Eu vi você."

Eu disse que era bem verdade, e que tinha ouvido a voz dela cantando separada dos outros. Disse que achava que ela era dona de uma bela voz.

Ela concordou com a cabeça. "Eu sei. Eu vou ser cantora profissional."

"Sério? De ópera?"

"Ah, não, Jesus amado. Eu vou cantar jazz no rádio e ganhar pilhas de dinheiro. Aí, quando fizer trinta anos, eu vou me aposentar e viver num rancho em Ohio." Ela tocou o topo da cabeça encharcada com a palma da mão. "Você conhece Ohio?", ela perguntou.

Eu disse que passei de trem por lá algumas vezes, mas que não conhecia de verdade. Ofereci um pedaço de torrada de canela.

"Não, obrigada", ela disse. "Eu como que nem passarinho, na verdade."

Eu mordi um pedaço de torrada, e comentei que Ohio tem regiões de acesso bem difícil.

"Eu sei. Um americano que eu conheci me disse. Você é o décimo primeiro americano que eu conheço."

A governanta agora fazia sinais urgentes para que ela retornasse à mesa — a bem da verdade, para que deixasse de incomodar o cavalheiro. Minha convidada, contudo, moveu calmamente a cadeira três ou quatro centímetros de modo que suas costas rompessem toda possível comunicação futura com sua mesa de origem. "Você frequenta aquela escola secreta da Inteligência lá no morro, não é?", ela inquiriu com naturalidade.

Com a preocupação que tínhamos todos com a segurança, eu respondi que estava visitando Devonshire por causa da minha saúde.

"*Sério?*", ela disse. "Eu não nasci exatamente ontem, sabe."

Eu disse que apostava nisso, pelo menos. Fiquei um momento bebendo meu chá. Estava ficando um quase nada consciente quanto à minha postura, e sentei mais ereto na cadeira.

"Você parece bem inteligente para um americano", minha convidada meditou.

Eu lhe disse que se tratava de algo muito esnobe de se dizer, se você se desse ao trabalho de pensar no assunto, e que eu esperava que isso estivesse abaixo dela.

Ela corou — e me concedeu automaticamente a elegância social de que eu já vinha sentindo falta. "Bem. Quase todos os americanos que *eu* já vi se comportam como animais. Eles vivem se socando, e insultando todo mundo, e — Você sabe o que um deles fez?"

Eu sacudi a cabeça.

"Um deles jogou uma garrafa vazia de uísque na janela da minha tia. Feliz*mente*, a janela estava aberta. Mas isso te parece muito inteligente?"

Não muito, mas eu não disse isso. Disse que muitos soldados, no mundo todo, estavam muito longe de casa, e que poucos deles tiveram grandes vantagens reais na vida. Disse que achava que a maioria das pessoas conseguia entender isso tudo sozinha.

"É possível", disse minha convidada, sem convicção. Ela ergueu a mão de novo para a cabeça molhada, pegou alguns filamentos frouxos de cabelo loiro, tentando cobrir as bordas expostas da orelha. "O meu cabelo está encharcado", ela disse. "Eu estou com uma aparência medonha." Ela olhou para mim. "O meu cabelo é bem ondulado quando está seco."

"Dá para ver, dá para ver que é mesmo."

"Não chega a ser cacheado, mas é bem ondulado", ela disse. "Você é casado?"

Eu disse que era.

Ela concordou com a cabeça. "Você é profundissimamente apaixonado pela sua esposa? Ou eu estou sendo invasiva?"

Eu disse que quando ela estivesse, eu diria.

Ela colocou as mãos e os pulsos mais para a frente na mesa, e eu lembro de querer fazer alguma coisa a respeito daquele relógio de pulso imenso que ela usava — quem sabe sugerir que ela o usasse na cintura.

"Normalmente eu não sou das mais gregárias", ela disse, e deu uma olhada para ver se eu conhecia a palavra. Mas eu não lhe dei sinal, nem de sim nem de não. "Eu puramente vim até aqui porque achei que você parecia extremamente solitário. Você tem um rosto extremamente sensível."

Eu disse que ela tinha razão, que eu *estava* me sentindo só, e que tinha ficado muito feliz por ela ter vindo.

"Eu estou me treinando para ser mais piedosa. A minha tia diz que eu sou uma pessoa terrivelmente fria", ela disse, e de novo sentiu o topo da cabeça. "Eu moro com a minha tia. Ela é uma pessoa extremamente bondosa. Desde a morte da minha mãe, ela fez de tudo que estava ao seu alcance para que eu e o Charles não nos sentíssemos deslocados."

"Que bom."

"Minha mãe era uma pessoa extremamente inteligente. Bem sensual, de várias maneiras." Ela olhou para mim com um tipo de perspicácia atrevida. "Você me acha terrivelmente fria?"

Eu lhe disse que não, absolutamente — muito pelo contrário, na verdade. Eu lhe disse o meu nome e perguntei o seu.

Ela hesitou. "O meu primeiro nome é Esmé. Acho que não devo lhe dizer o meu nome todo, por enquanto. Eu tenho um título e você pode ser daqueles que se impressionam com títulos. Os americanos são, sabe."

Eu disse que não achava que eu seria, mas que talvez fosse boa ideia, no mínimo, guardar o título por um tempo.

Bem nesse momento, senti a respiração quente de alguém na minha nuca. Eu me virei e quase rocei o nariz no do irmãozinho de Esmé. Ignorando a mim, ele se dirigiu à irmã numa voz aguda, penetrante: "A srta. Megley disse que é pra você voltar e acabar de tomar o seu chá!". Entregue o recado, ele se recolheu à cadeira que ficava entre mim e a irmã, à minha direita. Eu o observei com grande interesse. Ele estava com uma aparência muito esplêndida, com calças curtas marrons das Shetland, colete azul-marinho, camisa branca e gravata listrada. Ele devolvia o meu olhar com imensos olhos verdes. "Por que as pessoas do cinema beijam de lado?", exigiu saber.

"De lado?", eu disse. Era um problema que me deixou perplexo na infância. Eu disse que achava que era porque os narizes dos atores eram grandes demais para beijar os outros de frente.

"O nome dele é Charles", Esmé disse. "Ele é extremamente brilhante para a idade."

"Ele tem uns olhos verdes demais. Não é verdade, Charles?"

Charles me deu o olhar desconfiado que a minha pergunta merecia, então foi escorregando pela cadeira até estar com todo o corpo embaixo da mesa, exceto a cabeça, que deixou, como numa ponte de luta livre, sobre o assento. "É laranja", disse com dificuldade, dirigindo-se ao teto. Ele pegou um canto da toalha de mesa e o colocou sobre seu rosto bonito, impassível.

"Às vezes ele é brilhante, e às vezes não", Esmé disse. "Charles, sente direito!"

Charles ficou bem onde estava. Parecia estar segurando a respiração.

"Ele tem muita saudade do nosso pai. Ele foi m-o-r-t-o no norte da África."

Manifestei minha tristeza por saber disso.

Esmé concordou com a cabeça. "O meu pai adorava esse aqui." Ela mordeu pensativa a cutícula do polegar. "Ele é bem parecido com a mãe — o Charles, claro. Eu sou exatamente como o meu pai." Ela continuou roendo a cutícula. "A minha mãe era uma mulher muito passional. Era extrovertida. O pai era introvertido. Mas eles eram um belo casal, de maneira superficial. Para ser bem honesta, meu pai precisava de uma companheira mais intelectual do que minha mãe. Ele era um gênio extremamente talentoso."

Fiquei esperando, receptivamente, por outras informações, mas nada veio. Olhei para Charles, que agora descansava a lateral do rosto no assento da cadeira. Quando ele viu que eu estava olhando, fechou os olhos, sonolenta e angelicamente, e aí esticou a língua — um apêndice de comprimento espantoso — e deu o que na *minha* terra seria um glorioso tributo a um juiz míope de beisebol. Aquilo abalou consideravelmente o salão de chá.

"Pare com isso", Esmé disse, nitidamente sem se abalar. "Ele viu um americano fazer isso na fila do peixe com batata frita, e agora faz toda vez que fica entediado. Pare já com isso, ou eu te mando direto pra srta. Megley."

Charles abriu seus olhos enormes, sinal de que tinha ouvido a ameaça da irmã, mas fora isso não deu mostras de ter recebido grandes repreensões. Ele fechou de novo os olhos, e continuou descansando a lateral do rosto no assento da cadeira.

Eu mencionei que talvez fosse melhor ele guardar aquilo — ou seja, a saudação do Bronx — até começar a usar regularmente seu título. Quer dizer, se ele também tivesse um título.

Esmé me olhou longa e algo cinicamente. "Você tem um senso de humor ácido, não é?", ela disse — melancólica. "Meu pai dizia que eu nem tinha senso de humor. Ele dizia que eu estava mal preparada para a vida porque não tenho senso de humor."

Atento a ela, acendi um cigarro e disse que não achava que o senso de humor fosse útil numa complicação de verdade.

"Meu pai dizia que era."

Tratava-se de uma declaração de fé, não de uma contradição, e rápido eu virei a casaca. Concordei com a cabeça e disse que o pai dela provavelmente pensava mais a longo prazo, enquanto eu pensava no curto (fosse lá o que *isso* quisesse dizer).

"O Charles sente uma saudade extrema dele", Esmé disse, depois de um momento. "Ele era um homem extremamente amável. E era demasiadamente bonito, também. Não que a aparência da pessoa tenha grande importância. Mas ele era bonito. Tinha olhos terrivelmente penetrantes, para um homem que era entrinsecamente bondoso."

Eu concordei com a cabeça. Disse que imaginava que o pai dela tivesse um vocabulário extraordinário.

"Ah, sim; muito", disse Esmé. "Ele era arquivista — diletante, claro."

Naquele momento, senti um cutucão importuno, quase um soco, no meu antebraço, procedente da região de Charles. Eu me virei para o menino. Ele agora estava sentado numa posição bem normal na cadeira, a não ser pelo fato de que tinha uma perna dobrada sob o corpo. "O que foi que a tijola disse pro tijolo?", ele perguntou com voz aguda. "É uma charada!"

Revirei os olhos reflexivamente para o teto e repeti a pergunta em voz alta. Então olhei para Charles com uma expressão de perplexidade e disse que desistia.

"Não seja cimento!", veio a piada, no volume mais alto.

Quem mais riu foi o próprio Charles. Aquilo lhe parecia insuportavelmente engraçado. A bem da verdade, Esmé teve que ir até lá e lhe dar tapas nas costas, como quem tratasse um ataque de tosse. "Agora chega", disse. Ela voltou à sua cadeira. "Ele faz essa mesma adivinha pra todo mundo que encontra e tem um ataque toda santa vez. Normalmente ele baba quando ri. Agora chega, pronto, por favor."

"Mas é uma das melhores charadas que eu já ouvi", eu disse, de olho em Charles, que ia muito gradualmente voltando a si. Em reação a esse elogio, ele se afundou bem mais na cadeira e de novo cobriu o rosto até os olhos com um canto da toalha. Ele então olhou para mim com os olhos expostos, que estavam cheios de uma alegria que aos poucos se apagava, e do orgulho de alguém que conhece uma ou duas charadas realmente boas.

"Posso perguntar qual era a sua profissão antes de você entrar para o exército?", Esmé me perguntou.

Eu disse que não estava empregado, que fazia apenas um ano que tinha me formado na universidade, mas que gostava de me considerar um contista profissional.

Ela fez um gesto educado com a cabeça. "Publicado?", perguntou.

Era uma questão familiar, mas sempre delicada, e algo que eu não respondia assim sem mais nem menos. Comecei a explicar que em geral os editores dos Estados Unidos eram um bando de —

"O meu pai tinha uma prosa linda", Esmé interrompeu. "Eu estou guardando diversas cartas dele para a posteridade."

Eu disse que me parecia uma ideia excelente. Eu por acaso estava olhando novamente seu relógio de mostrador enorme, com aparência de cronógrafo. Perguntei se tinha sido do seu pai.

Ela olhou solenemente para o pulso. "Era dele sim", disse. "Ele me deu o relógio logo antes de o Charles e eu sermos evacuados." Constrangida, ela tirou as mãos da mesa, dizendo, "Puramente como suvenir, é claro". Ela guiou a conversa em outra direção. "Eu ficaria lisonjeadíssima se você escrevesse um conto exclusivamente para mim em algum momento. Eu sou uma leitora voraz."

Eu lhe disse que certamente escreveria, se pudesse. Disse que não era muito prolífico.

"Não precisa ser muito prolífico! Desde que não seja infantil e tolo." Ela refletiu. "Eu prefiro histórias de sordidez."

"De quê?", eu disse, inclinando-me para a frente.

"Sordidez. Eu sou extremamente interessada em sordidez."

Eu estava prestes a tentar conseguir mais detalhes, mas senti Charles me beliscando, com força, no braço. Virei para ele, com o rosto meio contorcido. Ele estava em pé bem do meu lado. "O que foi que a tijola disse pro tijolo?", ele me perguntou, não sem certa familiaridade.

"Você já perguntou isso para ele", Esmé disse. "Agora chega."

Ignorando a irmã, e subindo num dos meus pés, Charles repetiu a pergunta-chave. Percebi que o nó de sua gravata não estava devidamente arrumado. Eu o pus no lugar e então, olhando bem nos olhos dele, sugeri, "Não seja cimento?".

Assim que falei, eu me arrependi. O queixo de Charles caiu. Fiquei com a impressão de ter, eu, aberto sua boca com um golpe. Ele desceu do meu pé e, com uma dignidade enfurecida, foi para sua própria mesa, sem olhar para trás.

"Ele está fulo", Esmé disse. "Ele tem um gênio violento. A minha mãe tinha certa propensão a mimar o Charles. O meu pai era o único que não mimava."

Continuei olhando para Charles, que sentou e começou a beber seu chá, usando as duas mãos na xícara. Fiquei torcendo que ele se virasse, mas não se virou.

Esmé se pôs de pé. "*Il faut que je parte aussi*", ela disse, com um suspiro. "Você sabe alguma coisa de francês?"

Eu levantei da cadeira, sentindo ao mesmo tempo arrependimento e confusão. Apertei a mão de Esmé; sua mão, como eu suspeitava, era nervosa, com a palma úmida. Eu lhe disse, em inglês, o quanto tinha apreciado sua companhia.

Ela concordou com a cabeça. "Achei mesmo que você ia apreciar", ela disse. "Eu sou bem comunicativa para a minha idade." Ela de novo tocou experimentalmente o cabelo. "Sinto muitíssimo pelo meu cabelo", disse. "Eu provavelmente estava medonha de se ver."

"Não mesmo! A bem da verdade, acho que o ondulado já está voltando."

Ela rapidamente tocou de novo o cabelo. "Você acha que vai aparecer de novo por aqui no futuro imediato?", ela perguntou. "Nós passamos aqui todo sábado, depois do ensaio do coro."

Eu respondi que adoraria, mas que, infelizmente, estava quase certo de que não poderia mais vir.

"Em outras palavras, você não pode discutir a movimentação das tropas", disse Esmé. Ela não esboçou qualquer gesto de quem estava para deixar a vizinhança da mesa. A bem da verdade, cruzou os pés e, olhando para baixo, alinhou o bico dos sapatos. Foi uma execução bem bonita, pois ela estava usando meias brancas e seus tornozelos e seus pés eram lindos. Abruptamente ela ergueu os olhos para mim. "Você quer que eu escreva para você?", perguntou, com certo rubor no rosto. "Eu escrevo cartas extremamente articuladas para alguém da minha —"

"Eu ia adorar." Peguei lápis e papel e escrevi meu nome, minha patente, meu número de identidade e o número da minha caixa postal militar.

"Eu vou escrever primeiro", ela disse, aceitando o papel, "para você não se sentir obri*ga*do de maneira alguma." Guardou o endereço num bolso do vestido. "Adeus", ela disse, e voltou para sua mesa.

Eu pedi outro bule de chá e fiquei observando os dois até que eles, e a maltratada srta. Megley, levantaram para ir embora. Charles foi na frente, mancando de maneira trágica, como um homem que tivesse uma perna vários centímetros mais curta que a outra. Não olhou para mim. A srta. Megley foi atrás, e depois Esmé, que acenou para mim. Eu devolvi o aceno, levantando um pouco da cadeira. Foi um momento estranhamente tocante para mim.

Menos de um minuto depois, Esmé voltou para o salão de chá, arrastando Charles pela manga do casaquinho. "O Charles queria lhe dar um beijo de despedida", ela disse.

Eu imediatamente larguei a xícara na mesa, e disse que era muita gentileza, mas ele queria *mesmo*?

"Sim", ela disse, um pouco ameaçadora. Largou a manga de Charles e lhe deu um empurrão nada leve na minha direção. Ele veio, rosto lívido, e me deu um beijo estalado, ruidoso e molhado, bem embaixo do ouvido direito. Depois desse sacrifício, ele saiu reto na direção da porta e de uma vida menos sentimental, mas eu segurei o meio cinto que ficava nas costas de seu casaquinho, não larguei, e lhe perguntei, "O que foi que a tijola disse pro tijolo?".

Seu rosto se iluminou. "Não seja cimento!", ele gritou, e saiu correndo dali, possivelmente se contorcendo de rir.

Esmé estava de novo parada com os tornozelos cruzados. "Você tem certeza de que não vai esquecer de me escrever aquele conto?", ela perguntou. "Não precisa ser exclusiva*mente* para mim. Pode ser —"

Eu disse que absolutamente não havia chance de esquecer. Eu lhe disse que nunca tinha escrito um conto *para* alguém, mas que me parecia ser a hora exata de começar a tentar.

Ela concordou com a cabeça. "Escreva uma história bem sórdida e comovente", ela sugeriu. "Você tem nem que seja uma familiaridade remota com a sordidez?"

Eu disse que não exatamente, mas que estava ganhando mais familiaridade, de um jeito ou de outro, o tempo todo, e que ia fazer o melhor possível para atender as exigências dela. Trocamos um aperto de mãos.

"Não é uma pena nós não termos nos conhecido em circunstâncias menos extenuantes?"

Eu disse que era, disse que certamente era.

"Adeus", Esmé disse. "Espero que você volte da guerra com todas as suas faculdades intactas."

Eu lhe agradeci, e disse mais algumas palavras, e então a vi sair do salão de chá. Ela saiu de modo lento, meditativo, testando a umidade das pontas do cabelo.

Esta agora é a parte sórdida, ou comovente, do conto, e o cenário se altera. As pessoas também se alteram. Eu ainda estou por aí, mas deste ponto em diante, por motivos que não posso revelar, eu me disfarcei de modo tão ardiloso que nem mesmo o mais esperto dos leitores poderá me reconhecer.

Eram cerca de dez e meia da noite em Gaufurt, na Baváa, muitas semanas depois do Dia da Vitória na Europa. O segundo-sargento X estava em seu quarto no segundo andar de uma casa civil em que ele e outros nove soldados americanos estavam alojados desde antes do fim da guerra. Estava sentado numa cadeira dobrável de madeira, diante de uma mesinha pequena e bagunçada, com um romance de capa mole que lhe viera do outro lado do Atlântico aberto à sua frente, que ele lia com grande dificuldade. A dificuldade era dele, não do romance. Embora os homens que morassem no primeiro andar normalmente tivessem a primeira escolha dos livros que todo mês os Serviços Especiais lhes enviavam, X normalmente parecia acabar ficando com o livro que poderia ter escolhido por conta própria. Mas ele era um rapaz que não tinha passado pela guerra com todas as faculdades intactas, e por mais de uma hora vinha lendo três vezes cada parágrafo, e agora já fazia isso com as frases. De súbito, ele fechou o livro, sem marcar a página. Com a mão, protegeu por um momento os olhos do brilho ríspido de muitos watts da lâmpada exposta sobre a mesa.

Tirou um cigarro do maço que estava na mesa e o acendeu com dedos que delicada e incessantemente batiam uns nos outros. Recostou-se um quase nada na cadeira e fumou sem qualquer sensação de paladar. Estava fumando um cigarro atrás do outro havia semanas. Suas gengivas sangravam com qualquer pressão da ponta da língua, e ele quase nunca parava de testar; era um joguinho a que se entregava, às vezes de hora em hora. Ficou sentado por um momento, fumando e testando. Então, abrupta, familiarmente, e, como sempre, sem aviso prévio, ele pensou ter sentido sua mente se deslocar e adernar, como malas frouxas no bagageiro acima de uma poltrona. Ele logo fez o que vinha fazendo havia semanas para pôr as coisas em ordem: apertou bem as mãos contra as têmporas. Ficou segurando com força por um momento. Precisava cortar o cabelo, que estava sujo. Tinha lavado o cabelo duas ou três vezes durante sua estada de duas semanas no hospital em Frankfurt sobre o Main, mas ele ficou sujo outra vez no longo e poeirento trajeto de jipe até Gaufurt. O cabo Z, que tinha ido buscá-lo no hospital, ainda dirigia o jipe como se estivesse em combate, com o para-brisa abaixado sobre o capô, com ou sem armistício. Havia milhares de soldados novos na Alemanha. Dirigindo com o para-brisa abaixado, como se estivesse em combate, o cabo Z esperava mostrar que não era um deles, que nem a pau ele era um dos filhos da puta novos ali na Força Expedicionária.

Quando largou a cabeça, X começou a olhar fixamente para a superfície da mesinha, que continha pelo menos duas dúzias de cartas por abrir, e ao menos cinco ou seis pacotes ainda fechados, todos endereçados a ele. Estendeu a mão por sobre os detritos e pegou um livro que estava apoiado contra a parede. Era um livro de Goebbels, intitulado *Die Zeit Ohne Beispiel*. Pertencia à filha solteira de trinta e oito anos de idade da família que, até algumas semanas antes, morava na casa. Era uma oficial subalterna do Partido Nazista, mas importante o suficiente, segundo os padrões do Regulamento do Exército, para cair na categoria de prisão-automática. O próprio X tinha executado sua prisão. Agora, pela terceira vez desde que voltou do hospital naquele dia, ele abriu o livro da mulher e leu a breve inscrição da folha de rosto. Escritas à tinta, em alemão, numa caligrafia miúda e inutilmente sincera, estavam as palavras "Caro Deus, a vida é um inferno". Nada levava a isso e nada saía disso. Sozinhas na página, e na doentia imobilidade do quarto, as palavras pareciam ter a estatura de uma acusação clássica, incontestável. X ficou olhando para a página por vários minutos, tentando, sem grandes chances, não ser convencido. Então, com muito mais empenho do que havia dedicado a qualquer outra coisa em semanas, ele pegou um toco de lápis e escreveu sob a inscrição, em inglês, "Pais e professores, pondero 'O que é inferno?'. Sustento que seja o sofrimento de ser incapaz de amar". Ele começou a escrever o nome de Dostoiévski embaixo da inscrição, mas viu — com um medo que lhe percorreu o corpo todo — que o que tinha escrito era quase completamente ilegível. Fechou o livro.

Ele logo pegou outra coisa da mesa, uma carta de seu irmão mais velho, em Albany. Ela estava na sua mesa já antes de ele ser internado. Ele abriu o envelope, vagamente determinado a ler a carta toda de uma vez, mas leu apenas a metade de cima da primeira página. Parou depois das palavras "Agora que a m. da guerra acabou e você provavelmente tem muito tempo livre por aí, que tal mandar umas baionetas ou umas suásticas pros meninos…". Depois de ter rasgado a carta, ele olhou para os pedaços que estavam no cesto de papel. Viu que tinha deixado de notar uma foto anexada. Podia perceber os pés de alguém que estava em algum gramado.

Apoiou os braços sobre a mesa e descansou a cabeça neles. Sentia dor da cabeça aos pés, em regiões que eram todas aparentemente independentes. Ele era quase como uma árvore de Natal cujas luzes todas, ligadas em série, se apagam se apenas uma estiver com defeito.

* * *

A porta se abriu de supetão, sem que alguém tivesse batido. X ergueu a cabeça, virou-a, e viu o cabo Z parado à porta. O cabo Z tinha sido o parceiro de jipe e companheiro constante de X do Dia D em diante, em cinco campanhas da guerra. Ele morava no primeiro andar e normalmente vinha ver X quando tinha boatos ou reclamações para disparar. Era um homem imenso, fotogênico, de vinte e quatro anos de idade. Durante a guerra, uma revista nacional o fotografou na floresta de Hürtgen; ele posou, mais do que meramente de bom grado, com um peru de Ação de Graças em cada mão. "Tá escrevendo carta?", ele perguntou a X. "Isso aqui está medonho, pelamordedeus." Ele preferia sempre entrar num cômodo em que a luz do teto estivesse acesa.

X virou-se na cadeira e pediu que ele entrasse, e que tomasse cuidado para não pisar no cachorro.

"No o quê?"

"No Alvin. Ele está bem debaixo dos seus pés, Clay. Que tal acender a merda da luz?"

Clay encontrou o interruptor da luz do teto, acionou o botão, e então atravessou o quarto minúsculo, do tamanho das dependências de um criado, e sentou na beira da cama, encarando seu anfitrião. Seu cabelo cor de tijolo, recém-penteado, estava pingando com a quantidade de água que ele demandava para um penteado satisfatório. Um pente que tinha um clipe como o de uma caneta se projetava, familiarmente, do bolso direito da sua camisa verde-oliva. Sobre o bolso esquerdo ele estava usando o Distintivo da Infantaria de Combate (que, tecnicamente, não tinha autorização para usar), a barreta do Front Europeu, com cinco estrelas de serviço de bronze (em vez de uma única de prata, que era equivalente a cinco das de bronze), e a barreta de serviço pré-Pearl Harbor. Ele suspirou pesado e disse, "Jesus todo-poderoso". Aquilo não queria dizer nada; era do exército.

Pegou um maço de cigarros no bolso da camisa, tirou um com uma batida, depois guardou o maço e reabotoou a aba do bolso. Fumando, olhava sem expressão pelo quarto. Seu olhar acabou parando no rádio. "Olha", ele disse. "Vai ter um programa genial daqui a pouquinho no rádio. Bob Hope e esse povo todo."

X, abrindo um novo maço de cigarros, disse que tinha acabado de desligar o rádio.

Sem se toldar, Clay ficou vendo X tentar fazer um cigarro acender. "Jesus", ele disse, com o entusiasmo de um espectador, "cê tinha que ver a merda dessas suas mãos. Rapaz, isso que é tremer. Cê sabia?"

X conseguiu acender o cigarro, concordou com a cabeça, e disse que Clay era ótimo para perceber detalhes.

"Sem brincadeira, amigo. Eu quase que desmaio quando te vi na merda lá do hospital. Você parecia a merda de um *cadáver*. Quanto peso que cê perdeu? Quantos quilos? Cê sabe?"

"Não sei. Como é que ficou a sua correspondência enquanto eu não estava aqui? Notícias da Loretta?"

Loretta era a namorada de Clay. Eles pretendiam se casar assim que fosse possível. Ela escrevia bem regularmente para ele, lá de seu paraíso de pontos triplos de exclamação e observações imprecisas. Durante a guerra toda, Clay leu todas as cartas de Loretta em voz alta para X, por mais íntimas que fossem — a bem da verdade, quanto mais íntimas, melhor. Era hábito dele, depois de cada leitura, pedir que X esboçasse ou desse uma enfeitada na carta de resposta, ou que inserisse algumas palavras impressionantes em francês ou alemão.

"É, recebi carta dela ontem. Lá no quarto. Depois te mostro", Clay disse, apático. Ele sentou mais ereto na borda da cama, segurou a respiração, e soltou um longo e ressonante arroto. Parecendo apenas semirrealizado com o feito, relaxou novamente. "O merda do irmão dela vai sair da marinha por causa do quadril", ele disse. "Ele tem lá uma coisa no quadril, o desgraçado." Ele sentou de novo ereto e tentou mais um arroto, mas com resultados abaixo do desejado. Uma pontinha de atenção passou pelo seu rosto. "Olha. Antes que eu esqueça. A gente tem que acordar às cinco amanhã e ir de carro pra Hamburgo ou sei lá mais onde. Pegar umas jaquetas de fardamento pro destacamento todo."

X, olhando para ele com hostilidade, declarou que não precisava de uma jaqueta de fardamento.

Clay pareceu surpreso, quase um pouco magoado. "Ah, mas elas são bacanas! São bonitas. Como assim?"

"Nenhum motivo. Por que é que a gente tem que acordar às cinco? A guerra acabou, meu Deus."

"Sei lá — a gente tem que voltar antes do almoço. Eles têm lá uns formulários novos que a gente precisa preencher antes do almoço... Eu perguntei pro Bulling por que que a gente não podia preencher hoje de noite — ele *está* com a merda dos formulários bem lá na mesa dele. Ele não quer abrir ainda os envelopes, o filho de uma puta."

Os dois ficaram um momento em silêncio, odiando Bulling.

Clay subitamente olhou para X com um novo — e maior — interesse. "Olha", ele disse. "Você sabia que a merda do seu rosto aqui do lado está sacudindo adoidado?"

X disse que sabia muito bem, e cobriu seu tique com a mão.

Clay ficou um momento olhando para ele, então disse, de modo muito vivo, como se estivesse trazendo notícias excepcionalmente boas, "Eu escrevi pra Loretta dizendo que você teve um colapso nervoso".

"Ah, é?"

"É. Ela se interessa pra diabo por essas coisas aí. Ela vai se formar em psicologia." Clay se estendeu na cama, de sapato e tudo. "Sabe o que ela disse? Ela diz que ninguém tem um colapso nervoso só por causa da guerra. Ela diz que provavelmente você foi instável, assim, durante a merda da sua vida toda."

X fez com a mão uma ponte por sobre os olhos — parecia que a luz acima da cama o cegava — e disse que as ideias de Loretta sobre as coisas eram sempre uma alegria.

Clay deu uma espiada nele. "Escute aqui, seu desgraçado", ele disse. "Ela sabe bem mais dessa merda de psicologia do que *você*."

"Você acha que consegue tirar esses pés sujos de cima da minha cama?", X perguntou.

Clay deixou os pés onde estavam por alguns não-me-diga--onde-pôr-os-pés segundos, então os jogou para o chão e sentou. "Eu vou descer mesmo assim. Eles têm um rádio lá no quarto do Walker." Mas ele não levantou da cama. "Olha, agorinha mesmo eu estava dizendo praquele filho da puta novo lá, o Bernstein, do andar de baixo. Lembra aquela vez que eu e você fomos de carro pra Valognes, e a gente tomou bomba por umas duas horas, e aquela merda daquele gato que eu dei um tiro, que pulou no capô da merda do jipe quando a gente estava enfiado naquele buraco? Lembra?"

"Lembro — não me venha de novo com isso do gato, Clay, que merda. Eu não quero ouvir essa história."

"Não, eu só estou dizendo que escrevi dizendo isso pra Loretta. Ela e a merda da turma toda de psicologia discutiram essa história. Em sala de aula e tal. Com a merda do professor e todo mundo."

"Que bom. Eu não quero saber, Clay."

"Não, você sabe o motivo de eu ter dado um tiro no bicho, diz a Loretta? Ela diz que eu estava temporariamente insano. Sem brincadeira. Por causa do bombardeio e tal."

X entrançou os dedos, uma vez, por entre o cabelo sujo, então protegeu de novo os olhos da luz. "Você não estava insano. Você estava simplesmente cumprindo o seu dever. Você matou aquele gato da maneira mais viril que seria possível, dadas as circunstâncias."

Clay olhou desconfiado para ele. "De que diabos você está falando?"

"Aquele gato era um espião. Você *tinha* que dar um tiro no bicho. Era um anão alemão inteligentíssimo, com um casaco de pele barato. Então não teve absolutamente nada de brutal, ou de cruel, ou nojento, e nem mesmo —"

"Que merda!", Clay disse, com os lábios estreitos. "Será que você nunca consegue ser *sincero*?"

X sentiu uma súbita náusea, e girou na cadeira para pegar o cesto de papel — bem a tempo.

Quando tinha se recomposto e virado novamente para seu convidado, ele o viu de pé, constrangido, a meio caminho entre a cama e a porta. X começou a se desculpar, mas mudou de opinião e pegou seus cigarros.

"Vamos lá ouvir o Hope no rádio, hein", Clay disse, mantendo distância mas tentando ser amistoso assim de longe. "Vai te fazer bem. Sério mesmo."

"Vai lá você, Clay... Eu vou ficar olhando a minha coleção de selos."

"Ah, é? Você tem uma coleção de selos aqui? Eu não sabia que você —"

"Só brincadeira."

Clay deu passos lentos na direção da porta. "Pode ser que eu pegue o carro pra ir até Ehstadt mais tarde", ele disse. "Tem um baile lá. Deve ir até às duas mais ou menos. Quer ir?"

"Não, obrigado... Talvez eu ensaie uns passos aqui no quarto."

"Tá bom. Boa noite! Mas pega leve agora, pelamordedeus." A porta se fechou com um baque, então abriu de novo imediatamente. "Olha. Tudo bem se eu deixar uma carta pra Loretta por baixo da tua porta? Tem umas partes em alemão. Cê podia conferir pra mim?"

"Posso. Mas me deixa em paz agora, merda."

"Claro", disse Clay. "Você sabe que a minha mãe me escreveu? Ela disse que fica feliz que eu e você passamos a guerra toda juntos. No mesmo jipe e tal. Ela diz que o diabo das minhas cartas estão bem mais inteligentes depois que a gente começou a andar junto."

X ergueu os olhos para ele, e disse, com grande esforço, "Obrigado. Agradeça a ela por mim".

"Agradeço sim. Boa noite!" A porta bateu, dessa vez definitivamente.

X ficou um longo tempo sentado olhando para a porta, então virou a cadeira para a mesinha e pegou sua máquina de escrever, que estava no chão. Abriu espaço para ela na bagunçada superfície da mesa, empurrando para o lado a pilha desmoronada de cartas e pacotes por abrir. Pensou que talvez escrever uma carta para um velho amigo em Nova York pudesse lhe render uma terapiazinha rápida, ainda que leve. Mas não conseguiu inserir direito o papel no tambor, de tão violentamente que seus dedos já tremiam. Baixou as mãos ao lado do corpo por um minuto, e então tentou de novo, mas acabou amassando o papel na mão.

Tinha consciência de que devia tirar o cesto de papel do quarto, mas em vez de tomar alguma providência a esse respeito, pôs os braços em cima da máquina de escrever e descansou de novo a cabeça, fechando os olhos.

Depois de alguns minutos latejantes, quando abriu os olhos ele se viu tentando focalizar um pequeno pacote feito de papel verde. Provavelmente tinha escorregado da pilha quando ele abriu espaço para a máquina de escrever. Viu que tinha sido reendereçado várias vezes. Conseguiu discernir, somente num dos lados do pacote, pelo menos três de seus antigos números de caixa postal do exército.

Abriu o pacote sem qualquer interesse, sem nem olhar para o endereço do remetente. Abriu queimando o barbante com um fósforo aceso. Estava mais interessado em ver o barbante queimando até o fim do que em abrir o pacote, mas acabou abrindo.

Dentro da caixa, um bilhete, escrito à tinta, estava sobre um pequeno objeto embrulhado em papel de seda. Ele pegou o bilhete e leu.

[...] ROAD, 17.
[...], DEVON
7 DE JUNHO DE 1944

CARO SARGENTO X,

Espero que você me perdoe por ter demorado 38 dias para dar início à nossa correspondência mas, estive extremamente ocupada já que minha tia sofreu um estreptococos da garganta e quase faleceu e eu fiquei justificadamente assoberbada com uma responsabilidade por cima da outra. Contudo, pensei frequentemente em você e na tarde extremamente prazerosa que passamos juntos no dia 30 de abril de 1944, entre as 3h45 e as 4h15 da tarde, caso você tenha esquecido.

Estamos todos tremendamente empolgados e pasmados com o Dia D e só posso esperar que ele traga a veloz cessação da guerra e de um método de existência que é ridículo para se dizer pouco. Charles e eu estamos ambos muito preocupados com você; esperamos que você não estivesse entre aqueles que fizeram o ataque inicial na Península de Cotentin. Esteve? Por favor, responda assim que for possível. Minhas mais amistosas saudações à sua esposa.

SINCERAMENTE SUA,
ESMÉ

P.S.: Estou tomando a liberdade de incluir aqui meu relógio de pulso que você pode guardar com você enquanto durar o conflito. Não observei se você estava usando um relógio durante nosso breve consórcio, mas este é extremamente à prova d'água e de choque além de ter muitas outras virtudes entre as quais se pode saber com que velocidade se está caminhando se for esse o seu desejo. Tenho certeza de que você dará a ele uso melhor nesses dias difíceis do que eu jamais poderia fazer e que você o aceitará como amuleto de sorte.

    Charles, que estou ensinando a ler e escrever e que venho descobrindo ser um pupilo extremamente inteligente, desejaria acrescentar algumas palavras. Por favor, escreva assim que tiver o tempo e a inclinação.

        OI OI OI OI OI OI OI OI
        OI OI OI OI OI OI OI OI
        ABRAÇO BEIJO CHALES

Demorou bastante para X conseguir pôr o bilhete de lado, que dirá tirar da caixa o relógio de pulso do pai de Esmé. Quando finalmente o tirou dali, viu que seu vidro tinha se partido no caminho. Ficou pensando se o relógio, fora isso, estava intacto, mas não teve coragem de lhe dar corda e descobrir. Ficou somente sentado com ele na mão por outro longo período. Então, de repente, quase extasiado, sentiu sono.
    Se o sujeito está com muito sono mesmo, Esmé, ele *sem*pre tem alguma chance de voltar a ser um homem com todas as suas fac— com todas as suas f-a-c-u-l-d-a-d-e-s intactas.

Linda a boca, e verdes meus olhos

Quando o telefone tocou, o homem grisalho perguntou à garota, não sem um pouco de deferência, se ela por acaso preferia que ele não atendesse. A garota ouviu o que ele dizia como que de longe, e virou o rosto para ele, um olho — do lado da luz — bem fechado, seu olho aberto muito, ainda que insinceramente, grande, e azul a ponto de parecer quase violeta. O homem grisalho pediu a ela que se apressasse, e ela se apoiou um pouco no antebraço direito com velocidade suficiente para que o movimento não parecesse tão perfunctório. Tirou o cabelo da testa com a mão esquerda e disse, "Jesus. Sei lá. Assim, o que é que você acha?". O homem grisalho disse que na opinião dele não fazia tanta diferença se sim ou se não, e passou a mão esquerda por sob o braço de apoio da garota, acima do cotovelo, subindo aos poucos com os dedos, criando espaço para eles entre as superfícies mornas do braço e da parede do tórax dela. Pegou o telefone com a mão direita. Para pegar o aparelho sem ter que tatear, ele teve que se erguer um pouco, o que levou a parte de trás de sua cabeça a roçar numa quina do abajur. Naquele instante, a luz ficou particular, ainda que algo vividamente bonita em seu cabelo grisalho, praticamente branco. Apesar de estar desgrenhado naquele momento, tinha obviamente sido cortado recentemente — ou, na verdade, recém-retocado. A nuca e as têmporas tinham sido aparadas de uma maneira convencionalmente baixa, mas as laterais e a parte de cima tinham ficado mais que um pouco compridas, e estavam, na verdade, um pouco "distintas". "Alô?", ele disse ressonante no telefone. A garota permaneceu apoiada no antebraço, olhando para ele. Os olhos dela, mais simplesmente abertos do que alertas, ou especulativos, refletiam principalmente seu próprio tamanho, e sua cor.

Uma voz masculina — gélida e morta, mas mesmo assim algo rude, quase obscenamente reavivada para a ocasião — estava do outro lado da linha: "Lee? Te acordei?".

O homem grisalho lançou um rápido olhar para a esquerda, para a garota. "Quem é?", ele perguntou. "Arthur?"

"Isso — te acordei?"

"Não, não. Eu estou na cama, lendo. Alguma coisa errada?"

"Certeza que eu não te acordei? Jura por Deus?"

"Não, não — imagina", o homem grisalho disse. "A bem da verdade, eu ando dormindo na média uma porcaria de umas quatro —"

"O motivo de eu ter ligado, Lee, por acaso você viu quando a Joanie estava saindo? Por acaso você viu se ela foi embora com os Ellenbogen, quem sabe?"

O homem grisalho olhou de novo para a esquerda, mas dessa vez alto, longe da garota, que agora o observava como um jovem policial irlandês de olhos azuis. "Não, não vi, Arthur", ele disse, olhos no canto distante e escuro do quarto, onde a parede se encontrava com o teto. "Ela não foi embora com você?"

"Não. Não mesmo. Você nem viu ela sair, então?"

"Bom, não, na verdade não vi mesmo, Arthur", o homem grisalho disse. "Se você quer saber, na verdade, eu não vi merda nenhuma a noite toda. Assim que eu pisei lá dentro, já me vi preso numa droga de uma história infindável com aquele merdinha daquele francês, ou merdinha daquele vienense — sei lá que bosta ele era. Esses estrangeirinhos de merda, sempre de olho aberto pra conseguir conselho jurídico de graça. Por quê? O que foi? A Joanie sumiu?"

"Ah, Jesus. Vai saber? Eu é que não sei. Você sabe como ela é quando fica toda tontinha e louca de vontade de ir embora. *Eu* é que não sei. Ela *pode* simplesmente ter —"

"Você ligou pros Ellenbogen?", o homem grisalho perguntou.

"Liguei. Eles ainda não chegaram em casa. Sei lá. Jesus, eu nem sei direito se ela *foi* com eles. Uma coisa eu sei. Uma merda de uma coisa eu sei. Cansei de ficar fritando os miolos aqui. Sério. Dessa vez é sério. Chega. Cinco anos. Jesus."

"Tudo bem, tente dar uma relaxada agora, Arthur", o homem grisalho disse. "Em primeiro lugar, se eu conheço os Ellenbogen, eles provavelmente entraram todos num táxi e foram pro Village ficar mais umas horas. Os três vão provavelmente aparecer —"

"Eu estou com uma sensação de que ela mandou brasa com algum desgraçado na cozinha. Só uma sensação. Ela sempre começa a se enroscar com algum desgraçado na cozinha quando fica tonta. Chega. Juro por Deus que dessa vez é sério. Poxa, são cinco —"

"Onde é que você está agora, Arthur?", o homem grisalho perguntou. "Em casa?"

"Isso. Em casa. Lar doce lar. Jesus."

"Bom, só tente dar — Mas você está como? — bêbado ou não?"

"Sei lá. Como é que eu vou saber, diabo?"

"Tudo bem, então, escuta. Relaxe. Só relaxe", o homem grisalho disse. "Você conhece os Ellenbogen, meu Deus. O que provavelmente aconteceu foi que eles provavelmente perderam o último trem. Os três provavelmente vão aparecer aí na sua casa a qualquer minuto, cheios daquelas conversas inteligentes de —"

"Eles foram de carro."

"Como é que você sabe?"

"A babá. A gente andou batendo uns papos geniais pra cacete. Unha e carne. Cara de um, focinho do outro."

"Tudo bem. Tudo bem. E daí? Quer ficar quietinho aí e relaxar, então?", disse o homem grisalho. "Os três vão provavelmente aparecer aí na sua casa a qualquer minuto. Vai por mim. Você conhece a Leona. Eu não sei que merda que acontece — Eles ficam cheios dessa anima*ção* de Connecticut quando chegam a Nova York. Você sabe."

"É. Eu sei. Eu sei. Só que sei lá."

"Claro que sabe. Use a imaginação. Os dois provavelmente arrastaram fisicamente a Joanie —"

"Escuta. Nunca ninguém precisou *arrastar* a Joanie pra lugar ne*nhum*. Não me venha com isso de arrastarem ela."

"Ninguém está querendo vir com essa de arrastarem ela, Arthur", o homem grisalho disse tranquilo.

"Eu sei, eu sei! Desculpa. Jesus. Eu estou perdendo a cabeça. Jura por Deus, sério que eu não te acordei?"

"Se você tivesse me acordado eu te dizia, Arthur", o homem grisalho disse. Distraído, ele tirou a mão que estava entre o braço e a parede do tórax da garota. "Olha, Arthur. Você quer um conselho?", ele disse. Segurou o fio do telefone entre os dedos, logo abaixo do aparelho. "Assim, sobre isso, agora. Quer um conselho?"

"Quero. Sei lá. Jesus, eu não estou te deixando dormir. Por que é que eu não vou direto cortar os —"

"Escuta um minuto", o homem grisalho disse. "Primeiro — assim, sobre isso, agora — vá pra cama e relaxe. Prepare uma bela de uma saideira pra você mesmo e se meta embaixo dos —"

"*Saideira!* Você está de brincadeira? Jesus, eu entornei quase um litro nas últimas duas horas, cacete. *Saideira!* Eu estou tão travado agora que eu mal —"

"Tudo bem. Tudo bem. Vá pra cama, então", o homem grisalho disse. "E relaxe — tá me ouvindo? De verdade. Vai fazer algum bem você ficar aí sentado queimando os miolos?"

"É, eu sei. Eu não ia nem me preocupar, meu Deus, só que não dá pra confiar nela! Juro por Deus. Juro por Deus que não dá. Dá pra confiar nela só de ir até ali na — sei lá *onde*. Aaah, mas pra quê? Eu estou perdendo a porra da cabeça."

"Tudo bem. Esqueça, agora. Esqueça, agora. Você consegue me fazer um favor e tenta tirar essa coisa toda da cabeça?", o homem grisalho disse. "Vai que no fundo você está fazendo — eu sinceramente acho que você está fazendo uma tempestade —"

"Sabe o que eu faço? *Você sabe o que eu faço?* Eu morro de vergonha de dizer, mas sabe a merda que eu faço quase toda noite? Quando eu chego em casa? Quer saber?"

"Arthur, escuta, isso aqui não é —"

"*Espera* um segundo — eu vou te *contar*, cacete. Eu praticamente tenho que me conter pra não sair abrindo a porta de cada armário da merda do apartamento — juro por Deus. Toda noite eu chego em casa meio esperando encontrar um bando de filhos da puta escondidos por tudo quanto é lado. Ascenso*ris*tas. Entrega*dor*es. *Policiais* —"

"Tudo bem. Tudo bem. Vamos tentar levar isso com calma, Arthur", o homem grisalho disse. Abruptamente ele lançou um olhar para a sua direita, onde um cigarro, aceso em algum momento anterior da noite, estava equilibrado num cinzeiro. Obviamente tinha se apagado, no entanto, e ele não o pegou. "Em primeiro lugar", ele disse no telefone, "eu te disse várias, várias vezes, Arthur, que é exata*mente* aí que você comete o seu maior erro. Você sabe o que você faz? Quer que eu te diga o que você faz? Você faz questão — assim, sobre isso, agora — você literalmente faz questão de se torturar. A bem da verdade, você chega a inspi*rar* a Joanie —" Ele se interrompeu. "Você tem uma sorte filha da puta dela ser uma menina ótima. Sério. Você não dá nenhum crédito pra menina, por ela ter bom gosto — ou *cérebro*, pelamordedeus, no fundo —"

"Cérebro! Você está de brincadeira? Ela não tem cérebro, cacete! Ela é um animal!"

O homem grisalho, com as narinas se dilatando, pareceu respirar bem fundo. "Nós todos somos animais", ele disse. "Basicamente, nós todos somos animais."

"Nem fodendo. Eu não sou animal, cacete. Eu posso ser um filho de uma puta de um imbecil todo estragado do século XX, mas animal eu não sou. Não me venha com essa. Eu não sou animal."

"Olha, Arthur. Isso aqui não está —"

"*Cérebro*. Meu Deus, se você soubesse a graça que isso teve. Ela acha que é uma merda de uma intelectual. Isso que é engraçado, isso que é hilário. Ela lê a crítica de teatro no jornal, e assiste televisão até ficar praticamente cega — aí ela é intelectual. Você sabe com quem eu casei? Quer saber com quem eu casei? Eu casei com a *maior atriz desconhecida em desenvolvimento*, a maior roman*cis*ta, psicana*lis*ta viva, com o maior gênio de Nova York, o gênio mais famoso e menos reconhecido, cacete. Cê não sabia dessa, né? Jesus amado, é tão engraçado que me dá vontade de me esgoelar. A Madame Bovary dos Cursos de Extensão da Universidade Columbia. Madame —"

"Quem?", perguntou o homem grisalho, soando irritado.

"Madame Bovary fazendo um curso de Apreciação de Televisão. Jesus, se você soubesse o quanto —"

"Tudo bem, tudo bem. Você está percebendo que assim a gente não chega a lugar nenhum", o homem grisalho disse. Ele se virou e fez um sinal para a garota, com dois dedos perto da boca, de que queria um cigarro. "Em primeiro lugar", ele disse, no telefone, "pra um sujeito inteligente pra diabo, é humanamente impossível você ter menos tato." Ele endireitou a coluna para que a garota pudesse pegar os cigarros por trás dele. "Assim, desse jeito aí. Dá pra ver na sua vida particular, dá pra ver na sua —"

"*Cérebro*. Ah, meu Deus, essa foi de matar! Credo em cruz! Você já ouviu ela descrever alguém — algum sujeito, assim? Uma hora dessas quando você não tiver mais o que fazer, me faça o favor de pedir pra ela te descrever um sujeito. Ela descreve todo cara que vê como 'extremamente atraente'. Pode ser o sujeito mais velho, mais fuleiro, mais seboso que —"

"Tudo bem, Arthur", o homem grisalho disse cortante. "Isso aqui não está levando a nada. Mas nada mesmo." Ele pegou um cigarro com a garota. Ela tinha acendido dois. "Só como quem não quer nada", ele disse, soltando fumaça pelas narinas, "como é que foi hoje?"

"O quê?"

"Como é que você se saiu hoje?", o homem grisalho repetiu. "Como foi o seu caso?"

"Ah, meu Deus! Sei lá. Uma droga. Coisa de dois minutos antes de eu estar todo prontinho pra começar as minhas alegações finais, o advogado do querelante, o Lissberg, me aparece com uma camareirinha com uma pilha de lençóis como prova — tudo cheio de mancha de percevejo. Jesus!"

"E aí o que aconteceu? Cê perdeu?", perguntou o homem grisalho, tragando mais uma vez seu cigarro.

"Sabe quem estava na promotoria? O Vittorio, aquela matrona. O que diabos aquele cara tem contra mim, isso eu nunca vou saber. Eu mal abro a boca e o sujeito já cai matando. Não dá pra discutir racionalmente com um cara assim. É impossível."

O homem grisalho virou a cabeça para ver o que a garota estava fazendo. Ela tinha catado o cinzeiro, que estava colocando entre eles. "Cê perdeu então, ou não?", ele disse no telefone.

"O quê?"

"Eu disse, você perdeu?"

"Perdi. Eu ia te dizer. Não tive como, lá na festa, com aquele fuzuê. Cê acha que o Junior vai dar chilique? Não que eu dê a mínima, mas o que você acha? Acha que ele vai?"

Com a mão esquerda, o homem grisalho deu forma à cinza de seu cigarro na borda do cinzeiro. "Eu não acho que ele necessariamente vá dar *chilique*, Arthur", ele disse tranquilo. "Mas há excelentes chances, digamos, de que ele não morra de felicidade com a história toda. Você sabe há quanto tempo a gente cuida da porra da conta desses três hotéis? Foi o velho Shanley em pessoa que começou toda essa —"

"Eu sei, eu sei. O Junior me contou isso pelo menos cinquenta vezes. É uma das histórias mais lindas que eu ouvi na vida. Tudo bem, então eu perdi a droga do caso. Em primeiro lugar, não foi culpa minha. Primeiro, aquele lunático do Vittorio ficou o julgamento todo me atiçando. Aí aquela retardada da camareira me começa a passar aqueles lençóis cheios de percevejos —"

"Ninguém está dizendo que é culpa sua, Arthur", o homem grisalho disse. "Você me perguntou se eu achava que o Junior ia dar chilique. Eu simplesmente fui honesto e te —"

"Eu sei — eu sei disso... sei lá. Que diabo. Eu posso acabar é voltando pro exército. Te falei dessa?"

O homem grisalho virou a cabeça de novo para a garota, talvez para lhe mostrar o quanto sua expressão era tolerante, e até estoica. Mas a garota perdeu a chance de ver. Ela acabava de virar o cinzeiro com o joelho e estava rapidamente, com os dedos, varrendo as cinzas para formar um montinho recolhível; seus olhos se ergueram para ele com um segundo de atraso. "Não, não falou, Arthur", ele disse no telefone.

"É. Até posso. Eu ainda não sei. Eu não morro de amores pela ideia, claro, e não vou se der pra evitar. Mas talvez eu tenha que ir. Sei lá. Pelo menos é um exílio. Se eles me devolverem o meu capachinho e aquela mesona enorme e o meu mosquiteiro grandão, podia até não —"

"Eu queria era te dar na cara até você criar juízo, rapaz, isso é o que *eu* queria fazer", o homem grisalho disse. "Pra um sujeito hiper— Pra um sujeito supostamente inteligente, você fala igualzinho a uma criança. E eu te digo isso com toda a sinceridade. Você deixa um monte de coisinhas miúdas virarem uma bola de neve de um tal jeito que elas ficam tão fundamentais na sua cabeça que você fica absolutamente imprestável pra qualquer —"

"Eu devia ter dado um pé na bunda dela. Quer saber? Eu devia ter dado jeito nisso no verão passado, quando eu estava com tudo a meu favor — quer saber? Sabe por que eu não fiz isso? Você quer saber por que eu não fiz isso?"

"Arthur. Pelamorde*deus*. Isso aqui não vai dar é em nada."

"Espera um segundo. Deixeutecontar! Quer saber por que eu não fiz? Eu posso te dizer exatamente o porquê. Porque eu fiquei com pena dela. Essa é toda a verdade e nada mais que a verdade. Fiquei com pena dela."

"Bom, sei lá. Assim, isso não é da minha alçada", o homem grisalho disse. "Mas o que me parece é que a única coisa que aparentemente você está esquecendo é que a Joanie é uma mulher adulta. Sei lá, mas me parece que —"

"Adulta! Cê pirou? Ela é uma *criança* crescida, pelamordedeus! Escuta, eu ali fazendo a barba — escuta só — eu ali fazendo a barba, e do nada ela me chama lá da puta que pariu do outro lado do apartamento. Eu vou lá ver o que ela quer — bem no meio da barba, com a cara toda lambrecada de espuma. Sabe o que ela quer? Ela quer me perguntar se eu acho que ela tem uma cabeça boa. Te juro por Deus. Ela é *ridícula*, vai por mim. Eu fico olhando quando ela está dormindo, e eu sei do que eu estou falando. Pode crer."

"Bom, está aí uma coisa que você sabe melhor que — assim, isso não é da minha alçada", o homem grisalho disse. "Mas o negócio, cacete, é que você não faz nadinha que seja construtivo pra —"

"A gente não com*b*ina, é isso. A história se resume a isso. A gente não combina nem a pau. Sabe do que ela precisa? Ela precisa de um puta de um safado que simplesmente apareça e quebre com ela — e aí volte lá pra terminar de ler o jornal dele. É disso que ela precisa. Eu sou fraco demais pra ela, cacete. Eu sabia quando a gente casou — te juro por Deus que eu sabia. Assim, você é inteligente, cara, você nunca foi casado, mas de vez em quando, antes da pessoa casar, ela tem esses *lampejos* do que vai ser depois do casamento. Eu ignorei. Eu ignorei a merda dos lampejos. Eu sou fraco. A coisa toda não passa disso."

"Você não é fraco. Só não usa a cabeça", o homem grisalho disse, aceitando um cigarro que a garota acabava de acender.

"Mas claro que eu sou fraco! Claro que eu sou fraco! Cacete, eu que sei se eu sou fraco ou não sou! Se eu não fosse fraco, você não acha que eu ia ter deixado tudo ficar tão — Aah, quequeadianta ficar falando? Claro que eu sou fraco... Jesus, eu vou te deixar acordado a noite toda. Por que é que você não bate logo essa merda desse telefone na minha cara? Sério. Desliga na minha cara."

"Eu não vou desligar na sua cara, Arthur. Eu queria te ajudar, se for humanamente possível", o homem grisalho disse. "No fundo, você é o seu pior —"

"Ela não me respeita. Ela nem me ama, cacete. Basica*mente* — em última análise, eu também não tenho mais amor por ela. Sei lá. Tenho e não tenho. Varia. Flutua. Jesus! Toda vez que eu me preparo todo pra marcar uma posição, a gente sai pra jantar, por alguma razão, e eu encontro com ela em algum lugar e ela me aparece com uma merda de uma *luva* branca ou sei lá o quê. Sei lá. Ou eu começo a pensar na primeira vez que a gente foi de carro pra New Haven, ver o jogo de Princeton. Um pneu furou assim que a gente saiu da Parkway, e estava um frio do diabo, e ela ficou segurando a lanterna enquanto eu trocava aquela porcaria — Você sabe como é isso. Sei lá. Ou eu começo a pensar — Jesus, é de dar vergonha — eu começo a pensar na merda do poeminha que eu mandei pra ela quando a gente começou a sair junto. 'Rosa é minha cor, e branca; Linda a boca, e verdes meus olhos.' Jesus, é de dar vergonha — isso fazia eu *lembrar* dela. Ela não tem olho verde — os olhos dela parecem umas con*chi*nhas, cacete —, mas me fazia lembrar mesmo assim... Sei lá. Quequeadianta falar? Eu estou perdendo a cabeça. Desligue na minha cara, anda! Sério."

O homem grisalho limpou a garganta e disse, "Eu não tenho a intenção de desligar na sua cara, Arthur. Tem só uma —".

"Ela me comprou um terno uma vez. Com o dinheiro dela. Te contei essa?"

"Não, eu —"

"Ela simplesmente entrou acho que na Tripler e comprou. Eu nem fui com ela. Assim, ela tem umas coisas pra lá de bacanas. O engraçado é que nem me caiu mal. Eu só tive que mandar fazer uma pence atrás — das calças — e na barra. Assim, ela tem umas coisas pra lá de bacanas."

O homem grisalho ficou ouvindo por mais um momento. Então, abruptamente, ele se virou para a garota. O olhar que ele lhe deu, ainda que mero relance, informou-lhe plenamente o que estava subitamente acontecendo do outro lado da linha. "Agora, Arthur. Escuta. Isso não vai te levar a nada", ele disse no telefone. "Isso não vai te levar a nada. Sério. Agora, escuta. Eu te digo isso com toda a sinceridade. Me faz o favor de pôr um pijama e ir pra cama, bem bonzinho? E relaxar? A Joanie provavelmente vai *estar* aí em *dois minutos*. Você não quer que ela te veja assim, não é verdade? Os filhos da puta dos Ellenbogen vão provavelmente aparecer aí com ela. Você não quer que a tropa toda te veja desse jeito, não é verdade?" Ele ficou ouvindo. "Arthur? Está me ouvindo?"

"Jesus, eu vou te deixar acordado a noite toda. Tudo que eu faço, eu —"

"Você *não está* me deixando acordado a noite toda", o homem grisalho disse. "Nem pense uma coisa dessas. Eu já te disse que eu ando dormindo uma média de quatro horas por noite. Mas o que eu *queria* fazer, desde que seja humanamente possível, é que eu queria te ajudar, rapaz." Ele ficou ouvindo. "Arthur? Você está aí?"

"Estou. Estou aqui. Escuta. Eu já te deixei acordado a noite toda mesmo. Posso passar aí na sua casa pra tomar alguma coisa? Tudo bem por você?"

O homem grisalho endireitou as costas e pôs a palma da mão no topo da cabeça, e disse, "Agora, assim?".

"É. Assim, se por você estiver tudo bem. Vai ser rapidinho. Eu só queria sentar um pouco e — sei lá. Tudo bem?"

"Tudo bem, mas o negócio é que eu acho que você não devia, Arthur", o homem grisalho disse, tirando a mão da cabeça. "Assim, claro que vai ser um prazer te receber, mas honestamente eu acho que você devia ficar bem quietinho aí e relaxar até a Joanie aparecer na porta. Honestamente. O que *você* precisa agora é que você precisa estar bem aí quando ela aparecer na porta. Eu tenho ou não tenho razão?"

"É. Sei lá. Juro por Deus que eu não sei."

"Bom, mas eu sei, honestamente", o homem grisalho disse. "Olha. Por que é que você não vai direto pra cama agora, relaxa, e aí depois, se você estiver a fim, me dá uma ligada. Assim, se você estiver a fim de conversar. E *não se preocupe*. Isso que é o principal. Está me ouvindo? Você vai fazer isso agora?"

"Tudo bem."

O homem grisalho ficou ainda um momento segurando o telefone contra a orelha, depois o colocou no gancho.

"O que foi que ele disse?", a garota imediatamente perguntou.

Ele pegou seu cigarro que estava no cinzeiro — ou seja, selecionou o cigarro dentre um acúmulo de cigarros fumados e meio fumados. Arrancou-o dali e disse, "Ele queria passar aqui pra tomar alguma coisa".

"Jesus! E você disse o quê?", disse a garota.

"Você me ouviu", o homem grisalho disse, e olhou para ela. "Você estava ouvindo. Não estava?" Ele amassou o cigarro.

"Você foi incrível. Absolutamente incrível", a garota disse, olhando para ele. "Meu Deus, eu estou me sentindo uma droga!"

"Bom", o homem grisalho disse, "é uma situação cabeluda. Não sei quanto eu fui incrível."

"Foi sim. Você foi incrível", a garota disse. "Eu estou *mole*. Eu estou todinha *mole*. Olha só!"

O homem grisalho olhou para ela. "Bom, no fundo é uma situação impossível", ele disse. "Assim, a coisa toda é tão bizarra que nem —"

"Querido — Desculpa", a garota disse rápido, e se inclinou para a frente. "Eu acho que você está pegando *fogo*." Ela tocou o dorso da mão dele com um breve gesto enérgico da ponta dos dedos. "Não. Era só uma cinza." Ela se reclinou. "Não, você foi incrível", ela disse. "Meu Deus, eu estou me sentindo uma droga *completa!*"

"Bom, é uma situação muito, mas muito complicada. O sujeito obviamente está passando por uma completa —"

O telefone subitamente tocou.

O homem grisalho disse, "Jesus!", mas atendeu antes do segundo toque. "Alô?", ele disse no aparelho.

"Lee? Você estava dormindo?"

"Não, não."

"Escuta, eu achei que você ia querer saber. A Joanie acabou de aparecer."

"Como?", disse o homem grisalho, e cobriu os olhos com a mão esquerda, embora a luz estivesse atrás dele.

"É. Ela acabou de aparecer. Coisa de dez segundos depois que a gente desligou. Eu só quis te dar uma ligada enquanto ela está no banheiro. Escuta, muitíssimo obrigado, Lee. Sério — você sabe como é. Você não estava dormindo, né?"

"Não, não. Eu estava só — Não, não", o homem grisalho disse, deixando os dedos diante dos olhos. Ele limpou a garganta.

"Então. O que aconteceu, parece, foi que a Leona ficou podre de bêbada e aí teve um ataque de choro dos diabos, e o Bob quis que a Joanie fosse tomar alguma coisa com eles em algum lugar pra ajeitar a situação. Sei lá *eu*. *Você* sabe. Hipercomplicado. Enfim, então ela está em casa. Que confusão. Juro por Deus, acho que é essa merda de Nova York. O que eu acho que talvez eu acabe fazendo é que, se tudo andar direitinho, a gente vai quem sabe comprar uma casinha em Connecticut. Não muito longe de tudo, necessariamente, mas longe o suficiente pra gente poder ter uma droga de uma vida normal. Assim, ela adora planta e essas coisas. Ela provavelmente ia ficar doidinha se tivesse um jardim e coisa e tal. Sabe como? Assim — fora você — quem que a gente conhece em Nova York, a não ser um bando de neurótico? Não tem como não afetar até a pessoa mais normal do mundo cedo ou tarde. Sabe como?"

O homem grisalho não tinha resposta. Seus olhos, por trás da mão, estavam fechados.

"Enfim, eu vou conversar com ela hoje. Ou amanhã, quem sabe. Ela ainda está meio mal das pernas. Assim, no geral ela é uma menina excelente, e se a gente *tiver* uma chance de botar as coisas em ordem, um pouco, a gente ia ser estúpido pra cacete se não desse pelo menos uma tentada. Aliás, eu também vou tentar ajeitar essa zona toda dos percevejos. Eu estava aqui pensando. Eu estava só pensando, Lee. Será que se eu fosse lá conversar pessoalmente com o Junior, você acha que eu podia —"

"Arthur, se você não se incomoda, eu ia agradecer —"

"Assim, eu não quero que você fique pensando que eu só te liguei de novo e tal porque estava *preocupado* com a merda do meu emprego e tal. Não é isso. Assim, basicamente, poxa, eu estou pouco me lixando. Eu só estava pensando que se desse pra eu acertar as coisas com o Junior sem espremer os meus miolos, eu ia ser um imbecil se —"

"Escuta, Arthur", o homem grisalho interrompeu, tirando a mão do rosto. "Eu fiquei com uma dor de cabeça horrorosa de repente. Não sei de onde que essa merda me apareceu. Tudo bem se a gente parar por aqui? A gente se fala de manhã — está certo?" Ele ficou mais um momento ouvindo, depois desligou.

    De novo a garota falou imediatamente com ele, mas ele não respondeu. Catou um cigarro aceso — o da garota — no cinzeiro e foi levando até a boca, mas ele lhe escorregou por entre os dedos. A garota tentou ajudá-lo a pegar o cigarro antes que alguma coisa pegasse fogo, mas ele lhe disse para simplesmente *ficar quietinha*, pelamordedeus, e ela retirou a mão.

O período azul de Daumier-Smith

Se fizesse qualquer sentido concreto — e não passa nem perto de fazer —, acho que podia me inclinar a dedicar este relato, bom ou mau que seja, ainda mais se for minimamente indecente em certos detalhes, à memória de meu falecido e indecente padrasto, Robert Agadganian, Jr. Bobby — como era conhecido por todo mundo, inclusive por mim —, que morreu em 1947, certamente com seus arrependimentos, mas sem um único rancor, de trombose. Era um homem aventureiro, extremamente magnético, e generoso. (Depois de ter passado tantos anos me esforçando para evitar lhe conceder esses adjetivos picarescos, sinto que é questão de vida ou morte colocá-los aqui.)

A minha mãe e o meu pai se divorciaram durante o inverno de 1928, quando eu tinha oito anos de idade, e minha mãe se casou com Bobby Agadganian no fim da primavera do ano seguinte. Um ano depois, com a Quebra de Wall Street, Bobby perdeu tudo que ele e minha mãe tinham, com a exceção, aparentemente, de uma varinha mágica. De um jeito ou de outro, praticamente da noite para o dia, Bobby se transformou de falecido corretor de ações e bon vivant incapacitado num avaliador autônomo, ainda que um tanto improvisado, que trabalhava para uma sociedade de galerias de arte independentes e museus americanos. Poucas semanas depois, no começo de 1930, nosso trio meio misturado se mudou de Nova York para

Paris, para que Bobby pudesse se aplicar melhor à sua nova ocupação. Com a indiferença fria, a bem da verdade gélida, dos dez anos que já tinha, eu encarei a grande mudança, até onde eu saiba, de maneira nada traumática. Foi a volta para Nova York, nove anos mais tarde, três meses depois da morte da minha mãe, que me derrubou, e me derrubou com violência.

Eu me recordo de um incidente significativo que ocorreu apenas um ou dois dias depois de Bobby e eu chegarmos a Nova York. Eu estava em pé num ônibus lotadíssimo da avenida Lexington, segurando a barra esmaltada junto do banco do motorista, bunda com bunda com o camarada atrás de mim. Por várias quadras o motorista vinha repetindo àqueles dentre nós que estávamos amontoados perto da porta da frente uma ordem seca de dar "um passinho pra trás". Alguns tinham tentado atender seu pedido. Outros não. Por fim, com um sinal vermelho a seu favor, o sofrido camarada virou-se no banco e olhou para mim, logo atrás dele. Com meus dezenove anos, eu era um sujeito sem chapéu, com um topete chato, preto, não particularmente limpo e de estilo europeu por cima de dois centímetros praticamente intocados de testa. Ele se dirigiu a mim num tom de voz baixo, quase prudente. "Tudo bem, meu chapa", ele disse, "vamos mexer essa carcaça aí." Foi o "meu chapa", eu acho, o culpado de tudo. Sem nem me dar ao trabalho de me curvar um pouco — ou seja, para manter a conversa no mínimo tão particular, tão *de bon goût*, quanto *ele* tinha mantido —, eu lhe informei, em francês, que ele era uma besta grossa, estúpida e abusada, e que nunca ia saber quanto eu o detestava. Então, consideravelmente feliz, eu dei um passinho pra trás.

As coisas pioraram muito. Numa certa tarde, talvez uma semana depois, enquanto eu saía do Ritz Hotel, onde o Bobby e eu estávamos alojados de maneira não definitiva, fiquei com a impressão de que todos os bancos de todos os ônibus de Nova York tinham sido desaparafusados e retirados, e instalados na rua, onde uma monstruosa dança das cadeiras estava a todo vapor. Acho que eu poderia estar disposto a entrar na brincadeira se tivesse recebido uma documentação especial da Igreja de Manhattan que garantisse que todos os outros participantes permaneceriam respeitosamente de pé até que eu me acomodasse. Quando ficou claro que nada assim estava por vir, eu agi de modo mais direto. Rezei para que a cidade ficasse livre de pessoas, pela dádiva de me ver sozinho — s-o-z-i-n-h-o: que é a única oração nova-iorquina que raramente se perde ou sofre atrasos de transmissão, e sem demora tudo que eu tocava se transformava em sólida solidão. Pela manhã e à tarde eu frequentava — corporeamente — uma escola de arte na esquina da 48 com a avenida Lexington, que eu odiava. (Na semana anterior àquela em que o Bobby e eu saímos de Paris, eu ganhei três primeiros lugares na Exposição Nacional da Juventude, que ocorreu nas Galerias Freiburg. Durante toda a minha viagem até os Estados Unidos, eu usei o espelho do nosso camarote para registrar minha assombrosa semelhança com El Greco.) Três fins de tarde por semana eu passava numa cadeira de dentista, onde, num período de poucos meses, tive oito dentes extraídos, três deles dentes da frente. As outras duas tardes eu normalmente passava andando por galerias de arte, em geral na rua 57, onde só faltava eu vaiar os itens americanos em exposição. À noite, normalmente eu lia. Comprei uma coleção completa dos *Harvard Classics* — mais porque o Bobby disse que nós não tínhamos espaço para os livros na nossa suíte — e com certa perversidade li todos os cinquenta volumes. No fim da noite, eu quase invariavelmente montava meu cavalete entre as camas de solteiro do quarto que dividia com Bobby, e pintava. Num único mês, segundo meu diário do ano de 1939, eu completei dezoito pinturas a óleo. E vale registrar que dezessete delas eram autorretratos. Mas, às vezes, possivelmente quando minha Musa estava arisca, eu punha de lado os pincéis e desenhava cartuns. Um deles eu ainda tenho. Mostra uma vista cavernosa da boca de um homem que é atendido por seu dentista. A língua do homem é uma nota comum do Tesouro dos EUA, de cem dólares, e o dentista está dizendo, triste, em francês, "Parece que dá para salvar o molar, mas acho que vou ter que arrancar a língua". Era um dos meus favoritos.

Como colegas de quarto, eu e o Bobby não éramos nem mais nem menos compatíveis do que seriam, digamos, um veterano excepcionalmente tolerante de Harvard e um jornaleiro especialmente irritante de Cambridge. E quando, com o passar das semanas, nós gradualmente descobrimos que estávamos ambos apaixonados pela mesma falecida, isso não ajudou nem um pouco. A bem da verdade, a descoberta gerou uma horrenda relaçãozinha meio que-é-isso-*perdão*-por-favor. Passamos a trocar animados sorrisos quando trombávamos um com o outro na porta do banheiro.

Numa semana de maio de 1940, cerca de dez meses depois que o Bobby e eu nos hospedamos no Ritz, eu vi num jornal do Quebec (um dos dezesseis jornais e periódicos de língua francesa que eu torrei meu dinheiro assinando) um anúncio de um quarto de coluna que havia sido pago pela direção de uma escola de arte por correspondência, em Montreal. O anúncio aconselhava todos os instrutores qualificados — ele só faltava dizer, na verdade, que não podia aconselhá-los com mais *vigueur* — a se inscreverem imediatamente para um emprego na mais nova e mais progressista escola de arte por correspondência do Canadá. Os candidatos a instrutores, ali se estipulava, teriam que demonstrar conhecimento fluente das línguas francesa e inglesa, e apenas aqueles que tivessem hábitos moderados e caráter inquestionável deveriam se inscrever. O semestre de verão de Les Amis Des Vieux Maîtres se iniciaria oficialmente no dia 10 de junho. Amostras de trabalho, segundo o anúncio, deveriam representar tanto o campo acadêmico quanto o campo comercial da arte, e deveriam ser encaminhadas a Monsieur I. Yoshoto, *directeur*, ex-membro da Academia Imperial de Belas-Artes de Tóquio.

Imediatamente, por me sentir quase insuportavelmente qualificado, eu peguei a máquina de escrever Hermes-Baby do Bobby que ficava embaixo da cama dele e escrevi, em francês, uma longa carta intempestiva a M. Yoshoto — matando todas as aulas da manhã na escola de arte da avenida Lexington para poder fazer isso. Meu parágrafo de abertura tinha lá suas três páginas, e praticamente soltava fumaça. Eu disse que tinha vinte e nove anos de idade e era sobrinho-neto de Honoré Daumier. Disse que tinha acabado de deixar minha pequena propriedade no sul da França, depois da morte de minha esposa, para vir para os Estados Unidos e ficar — temporariamente, deixei bem claro — com um parente inválido. Disse que pintava desde a mais tenra infância, mas que, seguindo conselhos de Pablo Picasso, que era um dos mais antigos e mais chegados amigos de meus pais, jamais havia exposto. Contudo, várias de minhas pinturas a óleo e aquarelas estavam agora nas paredes de alguns dos melhores, e de maneira alguma *nouveau riche*, lares de Paris, onde haviam *reçu* considerável atenção de alguns dos mais poderosos críticos de nosso tempo. Depois, eu disse, do falecimento precoce e trágico da minha esposa, devido a uma *ulcération cancéreuse*, eu havia honestamente pensado que jamais voltaria a segurar um pincel. Mas recentes perdas financeiras me levaram a alterar minha mais sincera *résolution*. Disse que ficaria honradíssimo se pudesse apresentar amostras de meu trabalho a Les Amis Des Vieux Maîtres, assim que elas me fossem enviadas por meu agente em Paris, a quem escreveria, é claro, *très pressé*. Eu me assinava, respeitosamente, *Jean de Daumier-Smith*.

Escolher um pseudônimo me consumiu quase o mesmo tempo que a escrita de toda a carta.

Escrevi a carta em papel de seda de fazer cópias. Contudo, ela foi selada num envelope do Ritz. Então, depois de usar um selo de entrega especial que encontrei na primeira gaveta do Bobby, levei a carta até a grande caixa de correio do saguão. Parei no caminho para alertar o encarregado da correspondência (funcionário que inquestionavelmente me detestava) quanto a futuras entregas para Daumier-Smith. Então, por volta das duas e meia, entrei silenciosamente na minha aula de anatomia da uma e quarenta e cinco na escola de arte da rua 48. Meus colegas de classe pareceram, pela primeira vez, um grupinho bem decente.

Durante os quatro dias seguintes, usando todo o meu tempo livre, mais um pouco do tempo que não exatamente me pertencia, eu pintei uma dúzia ou mais de amostras do que pensei que seriam exemplos típicos da arte comercial americana. Trabalhando principalmente em guache, mas ocasionalmente, para me exibir, com nanquim, pintei pessoas com roupas de gala saindo de limusines em noites de estreia — casais esbeltos, eretos e extrachiques que obviamente jamais haveriam infligido sofrimento em toda a sua vida como resultado de terem feito alguma coisa nas coxas — casais, na verdade, que talvez nem tivessem coxas. Pintei jovens gigantes bronzeados com seus smokings brancos, sentados diante de mesas brancas dispostas ao lado de piscinas turquesa, trocando brindes, algo excitados, com coquetéis feitos de uma marca barata de uísque de centeio que mesmo assim estava muito na moda. Pintei crianças rubicundas, publicigênicas, fora de si de tanta alegria e de tanta saúde, estendendo suas tigelinhas vazias do café da manhã e pedindo, encantadoramente, mais comida. Pintei moças sorridentes de busto empinado, que aquaplanavam com a maior tranquilidade do mundo, como resultado da ampla proteção de que gozavam contra males racionais, tais como hemorragias da gengiva, máculas faciais, pelos repulsivos e seguros de vida imperfeitos ou inadequados. Pintei donas de casa que, até porem a mão no sabão em pó ideal, estavam totalmente expostas a penteados desgrenhados, má postura, crianças malcriadas, maridos frios, mãos (ainda que finas) ásperas, cozinhas (ainda que imensas) bagunçadas.

Concluídas as amostras, eu as enviei de pronto para M. Yoshoto, junto com cerca de meia dúzia de pinturas não comerciais que tinha trazido comigo da França. Anexei também o que pensei ser um bilhete muito casual que apenas esboçava a historieta rica e humana de como, sem auxílio e com diversas limitações pessoais, segundo a mais pura tradição romântica, eu havia atingido o gélido, branco e isolado ápice de minha profissão.

Os dias seguintes foram de um suspense horroroso, mas antes que a semana chegasse ao fim, veio uma carta de M. Yoshoto, que me aceitava como instrutor em Les Amis Des Vieux Maîtres. A carta estava em inglês, apesar de eu ter escrito em francês. (Eu depois fiquei sabendo que M. Yoshoto, que falava francês mas não inglês, havia, por algum motivo, delegado a tarefa de responder a carta a Mme. Yoshoto, que tinha conhecimentos instrumentais de inglês.) M. Yoshoto disse que o semestre de verão seria provavelmente o mais movimentado do ano todo, e que começava no dia 24 de junho. Isso me dava quase cinco semanas, sublinhava ele, para acertar tudo por aqui. Ele me oferecia suas mais profundas condolências por, com efeito, meus contratempos emocionais e financeiros recentes. Ele esperava que eu pudesse me apresentar em Les Amis Des Vieux Maîtres no domingo, 23 de junho, para conhecer minhas tarefas e me tornar "amigo próximo" dos outros instrutores (que, depois fui informado, eram em número de dois, e consistiam em M. Yoshoto e Mme. Yoshoto). Ele lamentava profundamente não ser política da escola pagar adiantado pelas despesas de deslocamento para os novos instrutores. O salário inicial era de vinte e oito dólares por semana — o que não era, M. Yoshoto dizia ter consciência, uma enorme soma de fundos, mas como isso incluía cama e comida nutritiva, e como ele sentia em mim o verdadeiro espírito vocacionário, esperava que eu não me sentisse rebaixado em vigor. Ele aguardava um telegrama meu de aceite formal com ansiedade e minha chegada com um espírito de satisfação, e assinava, sinceramente, meu novo amigo e empregador, I. Yoshoto, ex-membro da Academia Imperial de Belas-Artes de Tóquio.

Meu telegrama de aceite formal foi enviado em cinco ou seis minutos. Por mais estranho que possa parecer, com a minha empolgação, ou bem possivelmente em função de uma sensação de culpa por estar usando o telefone de Bobby para enviar o telegrama, eu contive a minha prosa e limitei a mensagem a dez palavras.

Naquela noite quando, como sempre, encontrei o Bobby às sete horas para nosso jantar no Salão Oval, fiquei irritado ao ver que ele tinha trazido alguém. Eu não havia dito nem insinuado coisa alguma para ele a respeito de meus afazeres extracurriculares recentes, e estava morrendo de vontade de lhe dar essa notícia final — para que ela fosse um furo completo — quando estivéssemos sozinhos. A outra pessoa era uma moça muito atraente, que naquele momento estava divorciada fazia poucos meses, que Bobby vinha frequentando bastante, e que eu já tinha encontrado em diversas ocasiões. Era uma pessoa absolutamente encantadora, cujas mais simples tentativas de fazer amizade comigo, de delicadamente me persuadir a tirar minha armadura — ou no mínimo o elmo —, eu escolhia interpretar como um convite implícito para que eu me juntasse a ela em sua cama assim que me fosse possível — ou seja, assim que o Bobby, que nitidamente era velho demais para ela, pudesse ser dispensado. Fui hostil e lacônico durante todo o jantar. Por fim, quando estávamos tomando café, eu sucintamente delineei meus novos planos para o verão. Quando terminei, o Bobby me fez algumas perguntas bem inteligentes. Eu as respondi com frieza, com excessiva brevidade, incontestável príncipe herdeiro de toda aquela situação.

"Ah, isso parece *muito* empolgante!", disse a convidada do Bobby, e ficou esperando, lasciva, que eu lhe passasse por baixo da mesa meu endereço em Montreal.

"Eu achei que você ia para Rhode Island comigo", Bobby disse.

"Ah, querido, não seja tão desmancha-prazeres", a sra. X lhe disse.

"Não é isso, mas pelo menos eu ia gostar de saber mais a respeito disso tudo", Bobby disse. Mas eu podia ver pela forma como se comportava que ele já estava mentalmente trocando as reservas de trem para Rhode Island de uma cabine para um beliche inferior.

"Acho que é a coisa mais delicada, mais *elogiosa* que eu já ouvi na vida", a sra. X me disse calorosamente. Seus olhos brilhavam de luxúria.

No domingo em que pisei na plataforma da estação Windsor em Montreal, eu estava usando um terno bege de gabardine com o paletó transpassado (de que eu tinha uma opinião favorabilíssima), uma camisa de flanela azul-marinho, uma gravata de algodão toda amarela, sapatos marrons e brancos, um chapéu-panamá (que pertencia a Bobby e era pequeno demais para mim), e um bigode castanho-arruivado, de três semanas de idade. M. Yoshoto estava lá me esperando. Era um homem minúsculo, que mal passava de um metro e meio, usando um terno de linho meio sujo, sapatos pretos e um chapéu preto de feltro com a aba toda virada para cima. Ele nem sorriu nem, até onde eu lembro, me *disse* nada quando trocamos um aperto de mão. Sua expressão — e minha palavra para defini-la veio direto de uma edição francesa dos livros de Fu Manchu, de Sax Rohmer — era *inescrutável*. Por algum motivo eu estava sorrindo de orelha a orelha. Não conseguia nem amenizar o sorriso, que dirá interromper.

Eram vários quilômetros no ônibus que ia da estação Windsor até a escola. Duvido que M. Yoshoto tenha dito cinco palavras no trajeto todo. Apesar de seu silêncio, ou por causa dele, eu falei sem parar, de pernas cruzadas, com o tornozelo sobre o joelho, e constantemente usando a meia como absorvente para a perspiração da mão. Parecia-me urgente não apenas reiterar minhas mentiras anteriores — a respeito do meu parentesco com Daumier, da minha falecida esposa, da minha pequena propriedade no sul da França — mas desenvolvê-las. Por fim, e no fundo para me poupar de mergulhar nessas dolorosas reminiscências (e elas *estavam* começando a me parecer algo dolorosas), passei para o assunto do mais antigo e mais chegado amigo dos meus pais: Pablo Picasso. *Le pauvre Picasso*, como eu me referia a ele. (Escolhi Picasso, bem posso mencionar aqui, porque ele me parecia o pintor francês mais conhecido nos Estados Unidos. Eu inequivocamente considerava o Canadá como parte dos Estados Unidos.) Para impressionar M. Yoshoto, eu evoquei, com uma vistosa quantidade da natural compaixão que se tem para com um gigante caído, quantas vezes eu lhe disse, "*M. Picasso, où allez vous?*", e como, em resposta a essa pergunta mais que penetrante, o mestre nunca deixava de caminhar lenta, pesarosamente por seu estúdio para ir contemplar uma pequena reprodução de seu quadro *Les Saltimbanques* e a glória, havia muito perdida, que um dia fora sua. O problema de Picasso, eu explicava para M. Yoshoto quando descíamos do ônibus, era que ele nunca dava ouvidos aos outros — nem mesmo aos seus amigos mais chegados.

Em 1939, Les Amis Des Vieux Maîtres ocupava o segundo andar de um prédio pequeno, de aparência extremamente não privilegiada, que tinha três andares — um cortiço, na verdade —, na região de Verdun, ou seja, a menos atraente de Montreal. A escola ficava imediatamente em cima de uma loja de equipamentos ortopédicos. Um cômodo amplo e uma minúscula latrina sem trinco na porta eram tudo em que consistia Les Amis Des Vieux Maîtres propriamente dita. Mesmo assim, no momento em que me vi lá dentro, o lugar me pareceu miraculosamente apresentável. Havia um bom motivo. As paredes da "sala dos instrutores" estavam cheias de pinturas emolduradas — todas elas aquarelas — de autoria de M. Yoshoto. Vez por outra eu ainda sonho com certo ganso branco que voava através de um céu de um azul extremamente claro, com — no que configurava um dos gestos artísticos mais ousados e mais bem realizados que já vi — o azul do céu, ou um éthos do azul do céu, refletido nas penas da ave. A pintura estava pendurada logo atrás da mesa de Mme. Yoshoto. Elevava o cômodo — ela e outras duas pinturas de qualidade quase igual.

Mme. Yoshoto, usando um lindo quimono de seda preto e cereja, estava varrendo o chão com uma vassoura de cabo curto quando M. Yoshoto e eu entramos na sala dos instrutores. Era uma mulher grisalha, seguramente uma cabeça mais alta que o marido, com traços que pareciam mais malasianos que japoneses. Ela parou de varrer e se adiantou, e M. Yoshoto nos apresentou rapidamente. Ela me parecia exatamente tão *inescrutável* quanto M. Yoshoto, se não ainda mais. M. Yoshoto então se ofereceu para me mostrar meu quarto, que, ele explicou (em francês), acabava de ser liberado por seu filho, que tinha viajado para a Colúmbia Britânica para trabalhar numa fazenda. (Depois de seu longo silêncio no ônibus, fiquei grato por ouvi-lo falar com alguma continuidade, e ouvi com considerável vivacidade.) Ele começou a se desculpar pelo fato de não haver cadeiras no quarto de seu filho — apenas almofadas no chão —, mas eu rapidamente o levei a acreditar que isso para mim era praticamente uma bênção divina. (A bem da verdade, acho que eu disse que odiava cadeiras. Estava tão nervoso que se ele tivesse me informado que o quarto do filho ficava alagado, dia e noite, com meio metro d'água, eu provavelmente teria dito que tinha uma rara doença nos pés, que precisavam ficar encharcados oito horas por dia.) Então ele me levou por uma escada rangente até meu quarto. No caminho eu lhe disse, com certa convicção, que era um estudioso do budismo. Depois descobri que tanto ele quanto Mme. Yoshoto eram presbiterianos.

Mais tarde, naquela mesma noite, deitado na cama com o jantar nipo-malasiano de Mme. Yoshoto ainda *en masse* e subindo e descendo pelo meu esterno como que num elevador, um ou outro dos Yoshoto começou a gemer dormindo, logo do outro lado da minha parede. Era um gemido vago, agudo, roufenho, e parecia vir menos de um adulto que de um trágico bebê subnormal ou de um pequeno animal com alguma malformação. (Isso se tornou um espetáculo noturno regular. Nunca descobri de qual dos Yoshoto vinham os gemidos, e muito menos por quê.) Quando se tornou quase impossível ficar ouvindo em posição horizontal, saí da cama, calcei meus chinelos e, no escuro, fui sentar numa das almofadas. Fiquei algumas horas com as pernas cruzadas, fumando, esmagando os cigarros na sola do chinelo e colocando os tocos no bolso do peito do pijama. (Os Yoshoto não fumavam, e não havia cinzeiros em parte alguma das instalações.) Fui dormir perto das cinco da manhã.

Às seis e meia, M. Yoshoto bateu na minha porta e me avisou que o café da manhã seria servido às seis e quarenta e cinco. Ele me perguntou, do outro lado da porta, se eu tinha dormido bem, e eu respondi, *"Oui!"*. Então me vesti — pondo meu terno azul, que achei adequado para um instrutor no primeiro dia de aula, e uma gravata Sulka vermelha que minha mãe tinha me dado — e, sem me lavar, atravessei apressadamente o corredor até a cozinha dos Yoshoto. Mme. Yoshoto estava diante do fogão, preparando um café da manhã à base de peixe. M. Yoshoto, de calça e camiseta branca, estava sentado à mesa da cozinha, lendo um jornal japonês. Ele me cumprimentou com a cabeça, sem grande empenho. Nenhum dos dois jamais me pareceu mais *inescrutável*. Logo recebi algum tipo de peixe num prato que tinha uma pequena mas perceptível marca de catchup coagulado na borda. Mme. Yoshoto me perguntou, em inglês — e seu sotaque era inesperadamente encantador — se eu preferia um ovo, mas eu disse, "*Non, non, madame — merci!*". Disse que jamais comia ovos. M. Yoshoto apoiou seu jornal no meu copo d'água, e nós três ficamos comendo em silêncio; ou seja, em silêncio eles comeram, e eu engoli sistematicamente.

Depois do café da manhã, sem ter que sair da cozinha, M. Yoshoto vestiu uma camisa sem colarinho e Mme. Yoshoto tirou o avental, e nós três descemos numa fila algo embaraçada a escada que levava à sala dos instrutores. Ali, numa pilha desorganizada sobre a grande mesa de M. Yoshoto, estava uma dúzia ou mais de imensos, gordos envelopes fechados de papel pardo. Para mim, eles tinham uma aparência quase recém-escovada-e-penteada, como novos alunos. M. Yoshoto me indicou minha mesa, que ficava do outro lado, na parte isolada do cômodo, e me pediu que sentasse. Então, com Mme. Yoshoto a seu lado, abriu alguns dos envelopes. Ele e Mme. Yoshoto pareceram examinar o variado conteúdo de cada um deles com alguma espécie de método, consultando um ao outro, vez por outra, em japonês, enquanto eu ficava sentado do outro lado do cômodo, com meu terno azul e minha gravata Sulka, tentando parecer simultaneamente alerta e paciente e, de alguma maneira, indispensável para aquela organização. Tirei um punhado de lápis de desenho de ponta macia do bolso interno do paletó, que tinha trazido comigo de Nova York, e os dispus, fazendo o mínimo possível de barulho, na superfície da minha mesa. Uma única vez, M. Yoshoto me lançou um olhar por algum motivo, e eu lhe respondi com um sorriso excessivamente encantador. Então, de repente, sem dizer uma única palavra nem olhar na minha direção, os dois sentaram-se a suas respectivas mesas e começaram a trabalhar. Eram cerca de sete e meia.

Perto das nove, M. Yoshoto tirou os óculos, levantou, e com seu passo leve veio até minha mesa com um maço de papéis na mão. Eu tinha passado uma hora e meia me dedicando exclusivamente a tentar evitar que meu estômago roncasse de maneira audível. Logo me pus de pé quando ele chegou perto de mim, dobrando um pouco a coluna para não parecer desrespeitosamente alto. Ele me entregou o maço de papéis que tinha trazido e me perguntou se eu teria a bondade de traduzir suas correções escritas do francês para o inglês. Eu disse, *"Oui, monsieur!"*. Ele se curvou levemente e com seu passo suave voltou à sua mesa. Eu afastei meu punhado de lápis de desenho de ponta macia para um lado da mesa, peguei minha caneta-tinteiro e me apliquei — quase inconsolável — ao trabalho.

Como muitos artistas realmente bons, M. Yoshoto era um professor de desenho nada melhor do que o seria um artista mais ou menos que tivesse uma bela quedinha para o ensino. Com suas cópias objetivas — ou seja, seus desenhos feitos com papel de seda sobreposto aos desenhos dos alunos — e com seus comentários escritos no verso dos desenhos — ele era perfeitamente capaz de ensinar um aluno de talento razoável a desenhar um porco reconhecível num chiqueiro reconhecível, e até um porco pitoresco num chiqueiro pitoresco. Mas ele não tinha a menor possibilidade de ensinar uma pessoa a desenhar um porco lindo num chiqueiro lindo (o que, claro, era precisamente o detalhe técnico que seus melhores alunos mais ansiosamente desejavam receber pelo correio). Não era, cabe acrescentar, que ele estivesse consciente ou inconscientemente limitando a oferta de seu talento, ou sendo deliberadamente pouco pródigo com ele, mas era simplesmente o fato de que ele não podia dá-lo. Para mim, não havia um verdadeiro elemento de surpresa nessa verdade impiedosa, e assim ela não me pegou desprevenido. Mas seu efeito foi potencializado, considerando-se o lugar onde eu estava, e quando a hora do almoço foi chegando, eu já estava tendo que tomar muito cuidado para não borrar as traduções com a palma suada das mãos. Como que para deixar tudo ainda mais opressivo, a caligrafia de M. Yoshoto era praticamente ilegível. De qualquer maneira, quando chegou a hora do almoço, eu declinei do convite dos Yoshoto. Disse que tinha de ir ao correio. Então desci quase correndo a escada que dava para a rua e comecei a caminhar bem rápido, absolutamente sem direção, por um labirinto de estranhas ruas de aparência não privilegiada. Quando cheguei a um bar, entrei e engoli quatro cachorros-quentes com molho de carne, e três xícaras de café bem forte.

Voltando para Les Amis Des Vieux Maîtres, eu comecei a pensar, primeiro de uma maneira familiar e medrosa a que mal ou bem eu já estava habituado, depois em pânico total, se havia algo de *pessoal* no fato de M. Yoshoto ter me empregado exclusivamente como tradutor naquela manhã. Será que o velho Fu Manchu sabia desde o início que eu estava usando, entre outros adornos e adendos enganadores, o bigode de um menino de dezenove anos de idade? Considerar essa possibilidade era quase insuportável. E também tendia a ir lentamente corroendo minha noção de justiça. Aqui estava eu — um homem que ganhara três primeiros lugares, um amigo muito chegado de Picasso (o que de fato eu estava começando a acreditar que eu *era*) — sendo usado como tradutor. A pena nem de longe condizia com o crime. Para começo de conversa, meu bigode, por mais ralo que fosse, era todo meu; não tinha sido grudado com cola de maquiagem. Eu me reconfortei passando os dedos por ele enquanto voltava apressado para a escola. Mas quanto mais pensava naquilo tudo, mais rápido eu caminhava, até que finalmente já quase trotava, como se a qualquer minuto estivesse contando com a possibilidade de ser apedrejado de todo lado.

Embora eu tivesse demorado apenas uns quarenta minutos para almoçar, os dois Yoshoto estavam a suas mesas e já trabalhando quando voltei. Eles não ergueram os olhos nem deram mostra de terem me ouvido entrar. Transpirando e sem fôlego, fui sentar à minha mesa. Fiquei ali rigidamente imóvel pelos quinze ou vinte minutos seguintes, repassando mentalmente todo tipo de anedotas picassianas novinhas em folha, só para garantir, caso M. Yoshoto de repente levantasse e viesse me desmascarar. E, de repente, ele de fato levantou e veio. Eu me levantei para recebê-lo — num choque frontal, se fosse necessário — com uma história fresca de Picasso, mas, para meu horror, quando ele chegou eu tinha perdido o enredo. Escolhi aquele momento para manifestar minha admiração pela pintura do ganso voando, pendurada atrás de Mme. Yoshoto. Eu a elogiei derramada e demoradamente. Disse que conhecia um homem em Paris — um paralítico de muitas posses, eu disse — que pagaria qualquer preço a M. Yoshoto para ter aquela pintura. Disse que podia entrar imediatamente em contato com ele se M. Yoshoto tivesse interesse. Mas, por sorte, M. Yoshoto disse que a pintura pertencia a seu primo, que estava visitando parentes no Japão. Então, antes que eu pudesse manifestar minha lástima, ele me perguntou — dirigindo-se a mim como M. Daumier-Smith — se eu teria a bondade de corrigir algumas lições. Ele foi até sua mesa e voltou com três envelopes imensos, gordos, que depositou na minha mesa. Então, enquanto eu ficava ali de pé, atordoado e incessantemente fazendo que sim com a cabeça e tateando o paletó onde meus lápis de desenho tinham sido reembolsados, M. Yoshoto me explicou o método de instrução da escola (ou, na verdade, sua ausência de método de instrução). Depois dele ter voltado à sua própria mesa, precisei de vários minutos para me recompor.

Todos os três alunos que me foram atribuídos eram falantes de inglês. A primeira era uma dona de casa de Toronto, de vinte e três anos de idade, que dizia que seu nome artístico era Bambi Kramer, e pedia que a escola endereçasse assim sua correspondência. Todos os alunos novos de Les Amis Des Vieux Maîtres tinham que preencher alguns questionários e anexar suas fotografias. A srta. Kramer tinha anexado uma foto de vinte por vinte e cinco centímetros, em papel brilhante, em que usava uma correntinha no tornozelo, um maiô sem alças, e um chapeuzinho branco de marinheiro. No seu formulário ela declarava que seus artistas preferidos eram Rembrandt e Walt Disney. Dizia que esperava apenas poder um dia emular os dois. As amostras de sua produção estavam presas por um clipe, de maneira algo subordinada, à sua fotografia. Elas eram todas impressionantes. Uma delas era inesquecível. A inesquecível era executada em berrantes cores de guache, com uma legenda que dizia: "Perdoai-lhes as Suas Ofensas". Mostrava três meninos pequenos pescando numa estranha espécie de lago, com uma de suas jaquetas penduradas numa placa de "Proibido Pescar!". O menino mais alto, no primeiro plano da imagem, parecia ter raquitismo numa perna e elefantíase na outra — efeito, ficava nítido, que a srta. Kramer empregara deliberadamente para mostrar que o menino estava com as pernas levemente separadas.

Meu segundo pupilo era um "fotógrafo de sociedade" de Windsor, Ontário, de cinquenta e seis anos de idade, chamado R. Howard Ridgefield, que dizia que sua esposa o azucrinava havia anos com essa coisa de passar para a pintura. Seus artistas preferidos eram Rembrandt, Sargent e "Ticano", mas ele acrescentava, sabiamente, que não fazia questão de pintar nesses estilos. Dizia estar mais interessado no lado satírico que no artístico da pintura. Para dar força à sua confissão de fé, ele apresentava boa quantidade de desenhos e de óleos originais. Uma das imagens — aquela que considero sua obra principal — ficou tão gravada na minha memória, nesses anos, quanto, digamos, a letra de "Sweet Sue" ou "Let Me Call You Sweetheart". Ela satirizava a conhecida e cotidiana tragédia de uma moça, de cabelo loiro que lhe passava dos ombros e seios de dimensões bovinas, que é criminosamente atacada na igreja, diante do próprio altar, por seu pastor. As roupas dos dois personagens estavam reveladoramente descompostas. Na verdade, fiquei muito menos impressionado com as implicações satíricas da imagem do que com a qualidade da técnica empregada nela. Se eu não soubesse que eles viviam a centenas de quilômetros um do outro, poderia ter jurado que Ridgefield recebera algum auxílio meramente técnico de Bambi Kramer.

À exceção de circunstâncias bem raras, em situação de crise, quando eu estava com dezenove anos, meu senso de humor tinha invariavelmente a distinção de ser a primeiríssima parte da minha mente que entrava em parcial ou completa paralisia. Ridgefield e a srta. Kramer fizeram muitas coisas comigo, mas não chegaram nem perto de me divertir. Três ou quatro vezes, quando repassava o conteúdo de seus envelopes, eu me vi tentado a levantar e fazer uma reclamação formal para M. Yoshoto. Mas não tinha uma ideia clara da forma que poderia adotar essa minha reclamação. Acho que tinha medo da possibilidade de chegar à mesa dele e apenas relatar, com voz aguda: "Minha mãe morreu, e eu tenho que morar com o marido encantador dela, e ninguém fala francês em Nova York, *e não tem cadeira no quarto do seu filho*. Como é que o senhor espera que eu ensine esses dois malucos a desenhar?". No fim, contando com uma longa história de autodisciplina para encarar o desespero sem me exaltar, consegui com bastante tranquilidade me manter na cadeira. Abri meu terceiro envelope de um aluno.

Minha terceira aluna era uma freira da ordem das Irmãs de S. José, chamada sóror Irma, que dava aula de "culinária e desenho" numa escola elementar conventual dos arredores de Toronto. E eu não tenho uma única *boa* ideia no que se refere a por onde começar a descrever o conteúdo do seu envelope. Posso começar mencionando que, em vez de uma fotografia sua, a irmã anexou, sem explicações, um retrato do convento. Também me ocorre que ela deixou em branco a linha do questionário em que os alunos deveriam informar a idade. De resto, seu questionário estava preenchido como talvez questionário nenhum *deste* mundo mereça ser preenchido. Ela nasceu e foi criada em Detroit, Michigan, onde seu pai "Fazia controle de qualidade na Ford Automóveis". Sua educação formal consistia em um ano de ensino médio. Ela não tinha formação como desenhista. Dizia que o único motivo de estar dando aula de desenho era o fato de sóror Fulana ter falecido e do padre Zimmermann (um nome que me chamou particularmente a atenção, por ser o nome do dentista que tinha me arrancado oito dentes) — do padre Zimmermann ter escolhido seu nome como substituta. Ela dizia que tinha "trinta e quatro queridinhos na minha turma de culinária e dezoito queridinhos na de desenho". Seus hobbies eram amar seu Senhor e a Palavra de seu Senhor e "colecionar folhas de árvore, mas só quando elas já estão caídas no chão". Seu pintor favorito era Douglas Bunting. (Um nome, não me incomoda dizê-lo, cuja busca me levou a vários becos sem saída, ao longo dos anos.) Ela disse que seus queridinhos sempre gostavam de "desenhar gente que está correndo e é bem nisso que eu não sou boa". Ela dizia que se esforçaria muito para aprender a desenhar melhor, e que esperava que fôssemos muito pacientes com ela.

Havia, ao todo, apenas seis amostras do seu trabalho anexadas no envelope. (Todos os trabalhos dela estavam sem assinatura — um fato menor mas, naquela época, de um consolo desproporcional. Todos os desenhos de Bambi Kramer e Ridgefield tinham uma assinatura ou — e isso de alguma maneira parecia ainda mais irritante — suas iniciais.) Depois de treze anos, eu não somente recordo nitidamente cada uma das seis amostras de sóror Irma, mas quatro delas eu às vezes acho que recordo um pouco bem demais para minha própria paz de espírito. Sua melhor imagem era uma aquarela, feita em papel pardo. (O papel pardo, especialmente o papel de embrulho, é muito agradável, muito confortável como suporte para pintura. Muitos artistas experientes já o utilizaram quando não pretendiam fazer algo grande ou grandioso.) A imagem, apesar dos limites de seu tamanho (tinha cerca de vinte e cinco por trinta centímetros), era uma representação muito detalhada de Cristo sendo carregado para o sepulcro no jardim de José de Arimateia. No primeiro plano, bem à direita, dois homens que pareciam ser criados de José eram os algo desajeitados carregadores. José (de Arimateia) seguia logo atrás deles — com um porte, dadas as circunstâncias, talvez um pouco ereto demais. A uma distância respeitavelmente subordinada, atrás de José, vinham as mulheres da Galileia, misturadas a um grupo variegado e talvez não convidado de enlutados, espectadores, crianças e não menos que três vira-latas espevitados e nada devotos. Para mim, a figura principal da imagem era uma mulher que estava à esquerda no primeiro plano, *olhando* para quem via o desenho. Com a mão direita erguida acima da cabeça, ela freneticamente acenava para alguém — seu filho, talvez, ou seu marido, ou talvez a pessoa que olhava a imagem — pedindo que largasse tudo e viesse correndo. Duas das mulheres, na primeira fila do grupo, tinham auréolas. Sem uma Bíblia por perto, eu só podia supor mais ou menos a identidade das duas. Mas imediatamente localizei Maria Madalena. Ou ao menos tive certeza de ter localizado. Ela estava no centro do primeiro plano, caminhando como quem intencionalmente se separou do grupo, com os braços pendentes do lado do corpo. Parte nenhuma de sua dor estava, por assim dizer, na cara — a bem da verdade, não havia sinais visíveis de sua antiga e invejável ligação com o Falecido. Seu rosto, como o de todas as outras figuras da imagem, tinha sido pintado com uma tinta barata, cor de pele, comprada pronta. Era dolorosamente claro que a própria sóror Irma tinha achado a cor insatisfatória e tentado, em vão, fazer o melhor para de alguma maneira suavizar o resultado. Não havia erros sérios na imagem. Ou seja, nada que valesse mais que uma menção cavilosa. Era, de qualquer ponto de vista importante, uma imagem artística, cheia de um grande, mas grande talento organizado, e resultado de sabe Deus quantas horas de trabalho puxado.

Uma das minhas primeiras reações, é claro, foi levar correndo para M. Yoshoto o envelope de sóror Irma. Mas, outra vez, fiquei no meu lugar. Não pretendia correr o risco de que tirassem sóror Irma de mim. Por fim, eu simplesmente fechei com cuidado seu envelope e o coloquei de lado sobre a mesa, com o empolgante plano de trabalhar nele à noite, nas minhas horas livres. Então, com muito mais tolerância do que achava que tivesse para oferecer, quase com boa vontade, passei o resto da tarde fazendo correções em cópias de papel de seda de alguns nus masculinos e femininos (*sans* órgãos sexuais) que R. Howard Ridgefield desenhara elegante e obscenamente.

Perto da hora do jantar, eu abri três botões da minha camisa e escondi o envelope de sóror Irma num lugar que nem ladrões nem, só para garantir, os Yoshoto poderiam arrombar.

Um protocolo tácito mas de uma imobilidade férrea cobria todas as refeições noturnas em Les Amis Des Vieux Maîtres. Mme. Yoshoto levantava prontamente de sua mesa às cinco e meia e subia para preparar o jantar, e M. Yoshoto e eu íamos depois — subíamos em fila indiana, por assim dizer —, às seis em ponto. Não havia desvios de trajetória, por mais essenciais ou higiênicos que fossem. Naquela noite, contudo, com o envelope de sóror Irma contra o peito, eu nunca tinha me sentido mais relaxado. A bem da verdade, durante todo o jantar, eu não podia ter sido mais sociável. Entreguei uma uvinha de uma história de Picasso que tinha acabado de me aparecer, uma que eu poderia ter poupado para momentos de vacas magras. M. Yoshoto mal baixou seu jornal japonês para ouvir a história, mas Mme. Yoshoto pareceu responsiva, ou, pelo menos, não pareceu não responsiva. De qualquer maneira, quando acabei de contar, ela se dirigiu a mim pela primeira vez desde que tinha me perguntado de manhã se eu gostaria de um ovo. Ela me perguntou se eu realmente não preferia uma cadeira no meu quarto. Eu disse rapidamente, "*Non, non — merci, madame*". Disse que com as almofadas dispostas contra a parede daquele jeito, eu tinha uma boa oportunidade de tentar ficar com a coluna ereta. Levantei para lhe mostrar o quanto minha espinha era curvada.

Depois do jantar, enquanto os Yoshoto discutiam, em japonês, algum assunto talvez provocante, pedi licença para me levantar. M. Yoshoto olhou para mim como se não soubesse direito como eu tinha ido parar na sua cozinha, mas concordou com um aceno, e eu atravessei rapidamente o corredor que levava até o meu quarto. Depois de acender a luz do teto e fechar a porta, tirei os meus lápis de desenho do bolso, depois tirei o paletó, desabotoei a camisa e sentei numa almofada com o envelope de sóror Irma nas mãos. Até depois das quatro da manhã, tendo tudo que me era necessário espalhado no chão diante de mim, eu cuidei do que achei serem as necessidades artísticas imediatas de sóror Irma.

A primeira coisa que fiz foi desenhar uns dez ou doze esboços a lápis. Em vez de descer até a sala dos instrutores para pegar o papel de desenho, fiz os esboços no meu papel de anotações, usando os dois lados da folha. Isso feito, escrevi uma carta longa, quase infindável.

Desde que me conheço por gente, eu guardo de tudo, como um esquilinho excepcionalmente neurótico, e ainda tenho o penúltimo rascunho da carta que escrevi para sóror Irma naquela noite de junho de 1939. Poderia reproduzi-lo verbatim aqui, mas não é necessário. Usei a maior parte da carta, a maior parte mesmo, para sugerir onde e como, em seu trabalho principal, ela havia se complicado um pouco, especialmente com as cores. Listei alguns apetrechos de artista que achei que seriam essenciais, e incluí custos aproximados. Perguntei quem era Douglas Bunting. Perguntei onde podia ver algo das obras dele. Perguntei (e sabia que as chances não eram lá muito grandes) se ela já tinha visto alguma reprodução dos quadros de Antonello da Messina. Pedi a ela, por favor, que me dissesse sua idade, e lhe assegurei, extensamente, que a informação, caso fornecida, não seria divulgada. Disse que o único motivo para essas perguntas era que tais informações me auxiliariam a instruí-la de maneira mais eficiente. Praticamente na mesma frase eu lhe perguntava se ela podia receber visitas no convento.

As últimas poucas linhas (ou os últimos litros) da minha carta devem, acho eu, ser reproduzidas aqui — com a sintaxe, a pontuação e tudo mais.

> ...Aliás, se você domina a língua francesa, espero que me informe disso pois sei me expressar de forma muito precisa nessa língua, por ter passado a maior parte de minha juventude especialmente em Paris, França.

Como você está muito obviamente preocupada com o desenho de figuras que correm, de modo a transmitir a técnica a seus pupilos no convento, incluo aqui uns poucos esboços que eu mesmo desenhei e podem ser-lhe úteis. Você perceberá que fiz esses desenhos muito rapidamente e que eles estão longe de ser perfeitos ou mesmo recomendáveis, mas acredito que possam lhe mostrar os rudimentos a respeito dos quais você manifestou seu interesse. Infelizmente o diretor da escola não tem nenhum sistema para o método de ensino aqui, receio eu. Fico satisfeitíssimo por ver que você já está tão adiantada, mas não tenho ideia do que ele espera que eu faça com meus outros alunos, que são muito retardados e especialmente estúpidos, na minha opinião.

Infelizmente, sou agnóstico; contudo, sou grande admirador de S. Francisco de Assis, assim de longe, vai sem dizer. Pergunto-me se você talvez conheça bem o que ele (S. Francisco de Assis) disse quando estavam prestes a lhe cauterizar um olho com um ferro escaldante. Ele disse o seguinte: "Irmão Fogo, Deus te fez belo, forte e útil; peço que seja delicado comigo". Você pinta mais ou menos como ele falava, de várias e agradáveis maneiras, na minha opinião. Aliás, posso perguntar se por acaso a moça no primeiro plano com os trajes azuis é Maria Madalena? Eu me refiro à pintura que estamos discutindo, claro. Se não for, cometi um triste engano. Contudo, isso não é novidade.

Espero que você me considere integralmente à sua disposição enquanto você for aluna de Les Amis Des Vieux Maîtres. Sinceramente, acho que você tem muito talento, e não me surpreenderia nem um pouco se você se tornasse um gênio dentro de não muitos anos. Eu não a encorajaria com falsidades, num assunto como esse. Esse é um dos motivos de eu ter lhe perguntado se a moça do primeiro plano com os trajes azuis era Maria Madalena, porque se era, receio dizer que você estava empregando seu gênio nascente um pouco mais do que suas inclinações religiosas. Contudo, não se trata de algo a temer, na minha opinião.

Com sinceras esperanças de que você esteja gozando de uma saúde absolutamente perfeita, eu me despeço,

> Respeitosissimamente,
> (assinado)
> JEAN DE DAUMIER-SMITH
> *Instrutor contratado*
> *Les Amis Des Vieux Maîtres*

P.S.: Quase esqueci que os alunos devem enviar envelopes para a escola às segundas-feiras, de quinze em quinze dias. Como primeira tarefa, posso lhe pedir alguns desenhos ao ar livre? Faça sem grandes cuidados, não se esforce demais. Não sei, é claro, quanto tempo eles lhe dão para sua prática pessoal no convento e espero que você me informe. E também lhe suplico que compre os apetrechos necessários que tomei a liberdade de advogar, já que gostaria que você começasse a usar tinta a óleo assim que possível. Se você puder me perdoar essa liberdade, eu diria que você é passional demais para pintar apenas em aquarela e jamais a óleo indefinidamente. Digo isso de maneira bastante impessoal, e não pretendo ser invasivo; a bem da verdade, digo como um elogio. E também, por favor, me mande *todos* os desenhos mais antigos que tiver à mão, pois fico ansioso para vê-los. Os dias serão insuportáveis para mim até a chegada do seu próximo envelope, vai sem dizer.

Se não for pedir demais, eu gostaria imensamente que você me dissesse se acha que ser freira é algo satisfatório, de uma maneira espiritual, claro. Francamente, eu venho estudando várias religiões, por hobby, desde que li os volumes 36, 44 e 45 dos *Harvard Classics*, que você talvez conheça. Fico especialmente encantado com Martinho Lutero, que era protestante, claro. Por favor, não se ofenda com isso. Não advogo nenhuma doutrina; não é de minha natureza fazê-lo. Como última ideia, por favor, não esqueça de me informar o horário das visitas, já que meus fins de semana até onde eu saiba são livres e pode calhar de eu estar nas suas redondezas em algum sábado por acaso. E também, por favor, não esqueça de me dizer se tem um domínio razoável da língua francesa, já que objetivamente falando eu sou comparativamente analfabeto em inglês devido à minha criação variada e em grande medida abandonada à própria sorte.

Postei minha carta e meus desenhos para sóror Irma cerca de três e meia da manhã, depois de sair para a rua apenas para isso. Então, literalmente em êxtase, tirei a roupa com dedos embotados e caí na cama.

Logo antes de eu pegar no sono, o som dos gemidos veio novamente do outro lado da parede do quarto dos Yoshoto. Imaginei os dois Yoshoto vindo a mim de manhã e pedindo, implorando, que eu ouvisse seu problema secreto, até o último e mais terrível detalhe. Vi exatamente como seria. Eu ficaria sentado entre eles à mesa da cozinha e ouviria os dois. Eu ouviria, ouviria, ouviria, com a cabeça nas mãos — até que finalmente, já incapaz de suportar aquilo, iria meter o braço na garganta de Mme. Yoshoto, pegar seu coração com a mão e aquecê-lo como quem cuida de um passarinho. Então, quando tudo estivesse resolvido, eu mostraria o trabalho de sóror Irma aos Yoshoto, e eles compartilhariam minha alegria.

O fato fica sempre óbvio tarde demais, mas a mais singular diferença entre a felicidade e a alegria é que a felicidade é um sólido e a alegria um líquido. A minha começou a vazar pelas frestas do vaso que a continha já na manhã seguinte, quando M. Yoshoto passou pela minha mesa com os envelopes de dois novos alunos. Eu estava trabalhando naquele momento nos desenhos de Bambi Kramer, e de maneira nada biliosa, sabendo, como sabia, que minha carta destinada a sóror Irma fora seguramente postada. Mas não estava nem remotamente preparado para enfrentar o fato monstruoso de que existiam duas pessoas no mundo que tinham menos talento para desenhar do que Bambi ou R. Howard Ridgefield. Sentindo a virtude se esvair em mim, acendi um cigarro na sala dos instrutores pela primeira vez desde que tinha entrado para a equipe. Aparentemente me fez bem, e eu voltei ao trabalho de Bambi. Mas antes de ter dado mais que três ou quatro tragadas, senti, sem de fato erguer os olhos, que M. Yoshoto estava olhando para mim. Então, em confirmação, ouvi sua cadeira sendo arrastada. Como sempre, eu me levantei para esperar que ele chegasse. Ele me explicou, num sussurro irritante como o diabo, que pessoalmente não tinha objeção ao tabagismo, mas que, infelizmente, a política da escola era contra o fumo na sala dos instrutores. Ele truncou meu prolixo pedido de desculpas com um magnânimo aceno da mão, e voltou para o lado do cômodo que ele e Mme. Yoshoto ocupavam. Fiquei pensando, efetivamente em pânico, como daria conta de sobreviver com minha sanidade intacta aos treze dias seguintes que levariam à segunda-feira em que deveria chegar o próximo envelope de sóror Irma.

Isso foi na terça-feira de manhã. Passei o resto do dia de trabalho e todas as horas de trabalho dos dois dias seguintes me mantendo febrilmente ocupado. Desmontei inteiros os desenhos de Bambi Kramer e R. Howard Ridgefield, por assim dizer, e os reconstruí com peças novinhas. Inventei especialmente para eles, literalmente, dúzias de exercícios de desenho ofensivos, subnormais mas razoavelmente instrutivos. Escrevi longas cartas para os dois. Praticamente implorei que R. Howard Ridgefield desistisse por um tempo da sátira. Pedi a Bambi, com o máximo de delicadeza, que, por favor, evitasse, temporariamente, o envio de outros desenhos com títulos parecidos com "Perdoai-lhes as Suas Ofensas". Então, no meio da tarde de quinta-feira, animado e satisfeito, comecei a lidar com um dos dois novos alunos, um americano de Bangor, Maine, que dizia em seu questionário, com uma integridade verbosa e cândida, que seu artista preferido era ele mesmo. Ele se considerava um abstracionista-realista. Quanto às minhas horas livres depois do trabalho, na terça à tarde fui de ônibus até Montreal propriamente dita e encarei uma sessão da Semana do Desenho Animado num cinema de quinta categoria — o que em grande medida significou ser testemunha de uma sucessão de gatos que eram bombardeados com rolhas de champanhe por gangues de camundongos. Na quarta à tarde, juntei as almofadas do meu quarto, fiz uma pilha de três delas, e tentei desenhar de memória a imagem do enterro de Cristo de sóror Irma.

Eu me sinto tentado a dizer que a noite de quinta-feira foi peculiar, ou talvez macabra, mas o fato é que não tenho adjetivos que descrevam direito aquela noite de quinta. Saí de Les Amis depois do jantar e fui não sei aonde — talvez assistir a um filme, talvez apenas dar uma longa caminhada; não consigo lembrar, e, fato singular, meu diário de 1939 me deixa na mão também, pois a página de que preciso está totalmente em branco.

Mas eu sei por que a página está em branco. Enquanto voltava do lugar indeterminado onde tinha passado aquele começo de noite — e lembro que isso foi depois de escurecer —, eu parei na calçada diante da escola e olhei para a vitrine iluminada da loja de equipamentos ortopédicos. Então aconteceu algo completamente horroroso. Fui invadido à força pela ideia de que, por mais que um dia eu pudesse aprender a viver a vida de maneira tranquila, sensata ou elegante, eu seria sempre, na melhor das hipóteses, um visitante num jardim de mictórios e penicos esmaltados, com uma divindade-manequim de madeira, sem olhos, postada logo ao lado, usando uma cinta para hérnia que estava em promoção. A ideia, certamente, não pode ter sido suportável por mais que alguns segundos. Eu lembro de subir correndo para o meu quarto e tirar a roupa e deitar na cama sem nem mesmo abrir o diário, que dirá escrever alguma coisa.

Fiquei horas acordado, tremendo. Ouvi o gemido no quarto ao lado e pensei, inescapavelmente, na minha melhor pupila. Tentei visualizar o dia em que a visitaria em seu convento. Vi seus passos em minha direção — perto de uma alta cerca de arame —, uma moça tímida e linda de dezoito anos de idade que ainda não tinha feito seus últimos votos e estava livre para ir para o mundo com o Pedro Abelardo de sua predileção. Vi nós dois caminhando devagar, em silêncio, para um trecho afastado e verdejante do terreno do convento, onde subitamente, e sem pecado, eu colocaria um braço na sua cintura. A imagem era extática demais para eu conseguir sustentá-la e, finalmente, desisti e caí no sono.

Passei toda a manhã de sexta-feira e quase toda aquela tarde trabalhando duro, tentando, com o papel de seda, gerar árvores reconhecíveis a partir da floresta de símbolos fálicos que o homem de Bangor, Maine, tinha desenhado conscientemente num caro papel telado. Mental, espiritual e fisicamente eu estava me sentindo bem letárgico lá pelas quatro e meia da tarde, e só me levantei um pouco quando M. Yoshoto veio até a minha mesa por um instante. Ele me entregou alguma coisa — entregou com a indiferença com que um garçom típico distribui cardápios. Era uma carta da madre superiora do convento de sóror Irma, informando a M. Yoshoto que o padre Zimmermann, por circunstâncias que escapavam ao seu controle, foi forçado a alterar sua decisão de permitir que sóror Irma estudasse em Les Amis Des Vieux Maîtres. A autora dizia que lamentava muito quaisquer incômodos ou confusões que essa mudança de planos pudesse causar para a escola. Ela esperava sinceramente que a diocese pudesse ser reembolsada pelo primeiro pagamento de catorze dólares.

O camundongo, há anos tenho certeza, depois do incêndio da roda-gigante volta mancando para casa com um plano infalível novinho em folha para matar o gato. Depois de ler e reler e então, por muitos e longos minutos, ficar encarando a carta da madre superiora, eu subitamente me afastei dela e escrevi cartas para os quatro alunos que me restavam, aconselhando-os a desistir da ideia de se tornarem artistas. Eu lhes dizia, individualmente, que não tinham nem sombra de talento que valesse a pena desenvolver e que estavam simplesmente jogando fora tanto o seu próprio tempo valioso quanto o da escola. Escrevi todas as quatro cartas em francês. Quando terminei, eu imediatamente saí e as pus no correio. A satisfação durou pouco, mas foi muito, muito boa antes de sumir.

Quando chegou a hora de me juntar ao cortejo que seguia para a cozinha na hora do jantar, pedi licença para me ausentar. Disse que não estava me sentindo bem. (Eu mentia, em 1939, com muito mais convicção do que quando dizia a verdade — portanto tive certeza de que M. Yoshoto me olhou desconfiado quando eu disse que não estava me sentindo bem.) Subi então para o meu quarto e sentei numa almofada. Fiquei ali pelo que certamente foi uma hora inteira, encarando um furo ensolarado na cortina, sem fumar nem tirar o paletó ou afrouxar a gravata. Então, abruptamente, levantei, peguei algumas folhas do meu papel de anotações e escrevi uma segunda carta para sóror Irma, usando o chão como mesa.

Nunca postei a carta. A reprodução a seguir é copiada direto do original.

MONTREAL, CANADÁ
28 DE JUNHO DE 1939

CARA SÓROR IRMA,

Teria eu, por acaso, dito qualquer coisa invasiva ou desrespeitosa em minha última carta que tivesse chegado aos ouvidos do padre Zimmermann e lhe causado alguma espécie de incômodo? Se for isso, eu lhe imploro que me dê ao menos uma oportunidade razoável de retirar o que quer que tenha inadvertidamente dito em meu ímpeto de que nos tornássemos amigos, além de aluna e professor. Será pedir demais? Não acho que seja.

A verdade nua e crua é a seguinte: se não aprender mais alguns elementos básicos da profissão, você será somente uma artista muito, mas muito interessante por toda a sua vida, em vez de uma grande artista. Isso, em minha opinião, é terrível. Você percebe a gravidade da situação?

É possível que o padre Zimmermann tenha feito você abandonar a escola por ter pensado que eu poderia impedir que você fosse uma freira competente. Se for isso, não posso deixar de dizer que acho que foi um gesto muito ríspido da parte dele, e de inúmeras maneiras. Eu não impediria você de ser uma boa freira. Eu mesmo vivo como um monge de mente suja. A pior coisa que ser uma artista poderia fazer por você seria deixá-la levemente infeliz, o tempo todo. Contudo, não se trata de uma tragédia, na minha opinião. O dia mais feliz da minha vida foi há muitos anos, quando eu tinha dezessete. Eu estava indo almoçar com a minha mãe, que saía pela primeira vez depois de uma longa doença, e estava me sentindo extaticamente feliz quando de repente, ao chegar à Avenue Victor Hugo, que é uma rua de Paris, eu trombei com um camarada sem nariz. Eu lhe peço o favor de levar esse detalhe em consideração, na verdade eu lhe imploro. Ele é prenhe de significado.

Também é possível que o padre Zimmermann tenha feito você interromper sua matrícula pelo motivo talvez de que o seu convento não tenha verbas para pagar a mensalidade. Eu francamente espero que seja isso, não apenas porque me tira um peso da consciência, mas num sentido prático. Se for de fato isso, basta você dizer que sim e eu lhe ofereço meus serviços sem custo nenhum por um período indefinido. Podemos discutir melhor essa questão? Posso perguntar de novo quando são os dias de visita no convento? Posso tomar a liberdade de visitá-la no convento na tarde do próximo sábado, 6 de julho, entre 3 e 5 da tarde, a depender do horário dos trens entre Montreal e Toronto? Aguardo sua resposta com grande ansiedade.

Com respeito e admiração,

                Respeitosamente,
                (assinado)
                JEAN DE DAUMIER-SMITH
                Instrutor contratado
                Les Amis Des Vieux Maîtres

P.S.: Na minha última carta eu lhe perguntava casualmente se a moça com os trajes azuis no primeiro plano de sua imagem religiosa era Maria Madalena, a pecadora. Se você ainda não respondeu à minha carta, por favor, continue se abstendo. É possível que eu estivesse equivocado e nesta altura da minha vida eu não procuro por vontade própria a desilusão. Estou disposto a permanecer no escuro.

Mesmo hoje, até *agora*, eu tenho certa vergonha quando lembro que levei um smoking para Les Amis. Mas levar eu levei, e depois de ter acabado de escrever a carta para sóror Irma, vesti o terno. A coisa toda parecia pedir que eu me embebedasse, e como nunca tinha ficado bêbado na vida (por medo de que o excesso de bebida fosse balançar a mão que pintava os quadros que ganharam três primeiros lugares etc.), eu me senti compelido a me vestir adequadamente para a trágica ocasião.

Enquanto os Yoshoto ainda estavam na cozinha, eu desci sorrateiramente e liguei para o Windsor Hotel — que a amiga de Bobby, a sra. X, tinha me recomendado antes de eu sair de Nova York. Reservei uma mesa para uma pessoa, às oito horas.

Cerca de sete e meia, vestido e arrumado, eu meti a cabeça no corredor para ver se algum dos Yoshoto estava à espreita. Não queria que eles me vissem com o meu smoking, por algum motivo. Eles não estavam à vista, e desci correndo para a rua e comecei a procurar um táxi. Minha carta para sóror Irma estava no bolso interno do paletó. Eu pretendia ler mais uma vez durante o jantar, de preferência à luz de velas.

Caminhei quadras e quadras sem ver um único táxi sequer, muito menos um táxi livre. Era duro. Aquela região de Verdun em Montreal não era de maneira alguma uma vizinhança elegante, e fiquei convencido de que todos os passantes me olhavam duas vezes, basicamente me reprovando. Quando, finalmente, eu cheguei ao bar onde tinha engolido os cachorros-quentes na segunda, decidi deixar a minha reserva no Windsor Hotel naufragar. Entrei no bar, sentei numa cabine dos fundos e fiquei com a mão esquerda sobre a gravata-borboleta enquanto pedia sopa, pãezinhos e um café preto. Torci para que os outros fregueses pensassem que eu era um garçom rumo ao trabalho.

Enquanto eu estava na segunda xícara de café, tirei a carta ainda não enviada a sóror Irma e reli. A essência da carta me pareceu algo rala, e decidi voltar correndo até Les Amis e dar uns retoques. Também reconsiderei meus planos de visitar sóror Irma, e pensei se não seria uma boa ideia fazer a reserva de trem ainda naquela noite. Com essas duas ideias na cabeça — sendo que nenhuma delas me dava de fato o tipo de ânimo de que eu precisava — saí do bar e voltei apressado para a escola.

Algo extremamente insólito aconteceu comigo uns quinze minutos depois. Uma declaração, percebo bem, que tem todas as desagradáveis marcas do suspense, mas a verdade é muito diferente. Estou prestes a tocar numa experiência extraordinária, uma experiência que ainda me parece ter sido algo transcendente, e gostaria, se possível, de evitar a impressão de tentar descrevê-la como um caso, ou mesmo um caso limítrofe, de legítimo misticismo. (Não fazer isso, acho eu, seria o equivalente a insinuar ou declarar que a diferença entre as *sorties* espirituais de S. Francisco e as de um típico e excitadiço beijador domingueiro de leprosos é *somente* uma questão de grau.)

Sob a luz crepuscular das nove horas, quando me aproximei do prédio da escola, vindo do outro lado da rua, havia uma lâmpada acesa na loja de equipamentos ortopédicos. Fiquei espantado ao ver uma pessoa viva na vitrine, uma moça robusta de seus trinta anos, com um vestido verde, amarelo e lavanda de chiffon. Quando cheguei até a vitrine, ela nitidamente acabava de retirar a velha cinta para hérnia; estava com ela embaixo de seu braço esquerdo (o seu "perfil" direito estava voltado para mim), e prendia a cinta nova no manequim. Fiquei olhando para ela, fascinado, até que de repente ela percebeu, e depois viu, que estava sendo observada. Eu logo sorri — para lhe mostrar que aquela ali era uma figura não hostil com seu smoking, sob a luz crepuscular, do outro lado da vidraça —, mas não adiantou. A desorientação da moça foi totalmente desproporcional. Ela corou, derrubou a cinta retirada do manequim, recuou e pisou numa pilha de cubas de irrigação — e perdeu o equilíbrio. Eu imediatamente estendi os braços para ela, batendo com a ponta dos dedos no vidro. Ela caiu pesadamente de bunda, como uma patinadora. Instantaneamente se pôs de pé sem olhar para mim. Ainda afogueada, tirou o cabelo do rosto com uma das mãos e retomou a tarefa de prender a cinta no manequim. Foi apenas aí que eu tive a minha Experiência. Súbito (e digo isso, acredito, com toda a devida contenção), o sol surgiu e veio voando bater no meu nariz a uma velocidade de cento e cinquenta milhões de quilômetros por segundo. Cego e assustadíssimo — eu tive que pôr a mão no vidro para me apoiar. Aquilo não durou mais que alguns segundos. Quando recobrei a visão, a moça tinha sumido da vitrine, deixando em seu rastro um campo cintilante de lindas flores esmaltadas, muito mais que abençoadas.

Eu me afastei da vitrine e dei duas voltas na quadra, até conseguir firmar os joelhos. Então, sem arriscar olhar de novo para a vitrine da loja, subi para o meu quarto e deitei na cama. Minutos, ou horas, depois, fiz em francês a seguinte breve anotação no meu diário: "Estou dando a sóror Irma a liberdade de seguir seu próprio destino. Todo mundo é uma freira". (*Tout le monde est une nonne.*)

Antes de ir dormir, escrevi cartas para os meus quatro alunos recém-expulsos, readmitindo-os. Disse que o departamento administrativo tinha cometido um erro. Na verdade, as cartas quase se escreveram sozinhas. Pode ter tido algo a ver com o fato de que, antes de sentar para escrever, eu tinha trazido uma cadeira do andar de baixo.

Parece um absoluto anticlímax mencionar, mas Les Amis Des Vieux Maîtres fechou menos de uma semana depois, por problemas com sua licença de funcionamento (pela *ausência* de licença de funcionamento, a bem da verdade). Fiz as malas e fui encontrar Bobby, meu padrasto, em Rhode Island, onde passei as seis ou oito semanas seguintes, até a volta das aulas na escola de arte, investigando aquele que é o mais interessante dos animais ativos no verão, a Jovem Americana de Shorts.

Com ou sem razão, eu nunca mais entrei em contato com sóror Irma.

Mas vez por outra ainda tenho notícias de Bambi Kramer. Na última vez que eu soube dela, sua nova atividade era desenhar seus próprios cartões de Natal. Eles vão ser impressionantes, se ela não perdeu a mão.

Teddy

"Eu já te mostro um dia maravi*lho*so, meu chapa, se você não descer dessa mala agora mesmo. E é sério", o sr. McArdle disse. Ele estava falando sem sair da cama de solteiro — a que ficava mais longe da escotilha. Mal-humorado, com um gemido mais do que um suspiro, ele deu um chute para afastar dos tornozelos o lençol de cima, como se de repente toda e qualquer cobertura fosse demais para seu corpo bronzeado e de aparência debilitada suportar. Estava deitado de costas, usando apenas as calças do pijama, com um cigarro aceso na mão direita. Sua cabeça estava apoiada apenas o suficiente para repousar desconfortavelmente, quase masoquisticamente, contra a parte mais baixa da cabeceira. Seu travesseiro e seu cinzeiro estavam, ambos, no chão, entre a cama dele e a da sra. McArdle. Sem erguer o corpo, ele estendeu o braço direito nu, de um rosa inflamado, e bateu a cinza como que na direção do criado-mudo. "Outubro, Jesus amado", ele disse. "Se isso aqui é clima de outubro, eu quero é agosto." Ele virou de novo a cabeça para a direita, para Teddy, procurando encrenca. "Anda", ele disse. "Você acha que eu estou aqui falando por quê, diabo? Pela minha saúde? *Desce* daí, por favor."

Teddy estava de pé em cima da lateral de uma valise Gladstone de couro, que parecia nova, para poder enxergar melhor pela escotilha aberta dos pais. Estava usando tênis brancos de cano alto extremamente sujos, sem meias, um calçãozinho de anarruga que era ao mesmo tempo comprido demais para ele e no mínimo um tamanho maior nos fundilhos, uma camiseta que já tinha sido lavada demais, com um furo do tamanho de uma moeda no ombro direito, e um cinto preto de couro de crocodilo, elegante de uma maneira destoante. Precisava — especialmente na nuca — desesperadamente de um corte de cabelo, como só um menino pequeno com uma cabeça quase crescida e um pescoço de vareta pode precisar.

"Teddy, você me ouviu?"

Teddy não estava debruçado para fora da escotilha tão precária e radicalmente quanto os meninos pequenos tendem a se debruçar para fora de escotilhas abertas — estava, na verdade, com os dois pés bem apoiados na valise —, mas também não estava simplesmente equilibrado de maneira conservadora; seu rosto estava bem mais fora do que dentro da cabine. Mesmo assim, estava perfeitamente ao alcance da voz do pai — a voz do seu pai, no caso, muito especialmente. O sr. McArdle foi o protagonista de nada menos que três radionovelas do horário da tarde quando viveu em Nova York, e tinha o que se poderia chamar de voz de um protagonista de quinta categoria: narcisisticamente grave e ressonante, funcionalmente preparada a qualquer momento para ser mais viril que a de qualquer pessoa que estivesse por perto, até mesmo um menininho se necessário. Quando ela estava de férias de suas atividades profissionais, acabava se apaixonando, via de regra, ora pelo mero volume ora por uma variedade teatral de firmeza-suavidade. Nesse exato momento, a chave era o volume.

"*Teddy*. Que inferno — você me escutou?"

Teddy virou o tronco sem alterar a posição alerta dos pés sobre a valise, e lançou para o pai um olhar de dúvida, pleno e puro. Seus olhos, que eram castanho-claros, e nada grandes, eram ligeiramente estrábicos — o esquerdo mais que o direito. Não eram estrábicos a ponto de serem desfigurantes nem dessa condição ser perceptível num primeiro olhar. Eram estrábicos só o bastante para que isso fosse mencionado, e apenas contextualizado com o fato de que seria bom pensar muito, e muito sério, antes de desejar que eles fossem mais alinhados, mais profundos, mais castanhos ou mais afastados um do outro. Seu rosto, exatamente daquele jeito, tinha o impacto, ainda que oblíquo e lento para se estabelecer, da verdadeira beleza.

"Eu quero que você desça já dessa mala. Quantas vezes eu vou ter que falar?", o sr. McArdle disse.

"Fique bem onde você está mesmo, querido", disse a sra. McArdle, que nitidamente tinha alguma dificuldade com a sinusite de manhã cedo. Estava de olhos abertos, mas só um risco. "Não se mexa nem uma fraçãozinha de centímetro." Ela estava deitada sobre o lado direito, com o rosto no travesseiro virado para a esquerda, na direção de Teddy e da escotilha, de costas para o marido. O segundo lençol estava bem puxado sobre seu corpo provavelmente nu, envolvendo-a, braços e tudo, até o queixo. "Pule no lugar", ela disse, e fechou os olhos. "Esmague a mala do papai."

"Mas que coisinha inteligente de se dizer, Jesus", o sr. McArdle disse firme-suave, dirigindo-se à nuca da esposa. "Eu pago vinte e duas libras por uma mala, e peço educadamente pro menino não ficar em cima dela, e você manda ele ficar pulando na mala. Isso é o quê? É pra ser engraçado?"

"Se aquela mala não suporta um menino de dez anos, que está seis quilos abaixo do peso pra idade dele, eu nem quero ela na minha cabine", a sra. McArdle disse, sem abrir os olhos.

"Sabe o que eu queria fazer?", o sr. McArdle disse. "Eu queria era rachar a porcaria da tua cabeça com um chute."

"E não racha por quê?"

O sr. McArdle abruptamente se apoiou num cotovelo e esmagou o toco do cigarro no tampo de vidro do criado-mudo. "Dia desses —", começou de maneira lúgubre.

"Dia desses você vai ter um trágico, mas trágico infarto", a sra. McArdle disse, com um mínimo de energia. Sem expor os braços, ela apertou mais o lençol em volta e por baixo do corpo. "Vai ser uma cerimônia fúnebre pequena e elegante, e todo mundo vai ficar perguntando quem é aquela mulher atraente de vestido vermelho, sentada ali na primeira fila, flertando com o organista e fazendo uma desgraça de uma —"

"Você é tão engraçada que isso não tem nem graça", o sr. McArdle disse, de novo deitado de costas, inerte.

Durante essa pequena conversa, Teddy tinha virado o rosto e voltado a olhar pela escotilha. "A gente passou pelo *Queen Mary* às três e trinta e dois da manhã, indo na outra direção, se alguém quiser saber", ele disse devagar. "Se bem que eu duvido." Sua voz era estranha e lindamente áspera, como são as vozes de alguns meninos pequenos. Cada uma de suas frases era como uma pequena ilha antiga, inundada por um mar de uísque em miniatura. "Aquele comissário que a Booper odeia escreveu lá no quadro-negro."

"Eu já te mostro o *Queen Mary*, meu chapa, se você não descer dessa mala agora mesmo", seu pai disse. Ele virou a cabeça para Teddy. "*Desça* daí, já. Vai cortar o cabelo ou sei lá o quê." Ele olhou de novo para a nuca da esposa. "Ele parece precoce, meu Deus."

"Eu não tenho dinheiro", Teddy disse. Ele dispôs as mãos de maneira mais segura na base da escotilha, e baixou o queixo até o dorso dos dedos. "Mãe. Sabe aquele homem que senta bem do nosso lado na sala de jantar? Não aquele bem magrinho. O outro, da mesma mesa. Bem do lado do lugar onde o nosso garçom larga a bandeja."

"Mmm-hmmm", a sra. McArdle disse. "Teddy. Querido. Deixa a mãe dormir só mais cinco minutinhos, meu amor."

"Espera um segundo. Isso é bem interessante", Teddy disse, sem erguer o queixo de seu descanso e sem tirar os olhos do oceano. "Ele estava na academia agora há pouco, enquanto o Sven estava me pesando. Ele apareceu lá e começou a falar comigo. Ele escutou a última fita que eu gravei. Não a de abril. A de maio. Ele estava naquela festa em Boston, logo antes da gente ir pra Europa, e alguém da festa conhecia alguém do grupo de exames Leidekker — ele não disse quem —, e eles pegaram emprestada aquela última fita que eu gravei e tocaram na festa. Parece que ele está muito interessado. Ele é amigo do professor Babcock. Aparentemente ele também é professor. Disse que passou o verão todo no Trinity College, em Dublin."

"Ah, é?", disse a sra. McArdle. "Numa *festa*, eles tocaram a fita?" Ela ficou mirando sonolenta a parte de trás das pernas de Teddy.

"Acho que foi", Teddy disse. "Ele falou bastante de mim pro Sven, enquanto eu estava bem ali. Foi meio constrangedor."

"E por que seria constrangedor?"

Teddy hesitou. "Eu disse 'meio' constrangedor. Eu relativizei."

"Eu já te *relativizo*, meu chapa, se você não descer do diabo dessa mala", o sr. McArdle disse. Ele tinha acabado de acender outro cigarro. "Eu vou contar até três. *Um*, merda... *Dois*..."

"Que horas são?", a sra. McArdle subitamente perguntou para a parte de trás das pernas de Teddy. "Você e a Booper não têm aula de natação às dez e meia?"

"Ainda tem tempo", Teddy disse. "—Vluum!" Ele subitamente enfiou a cabeça toda pela escotilha, deixou que ela ficasse ali por uns segundos e depois a trouxe de volta apenas pelo tempo que lhe bastou para relatar: "Alguém acabou de jogar um cesto inteiro de cascas de laranja pela janela".

"Pela janela. Pela ja*nela*", o sr. McArdle disse sarcasticamente, batendo a cinza do cigarro. "Pela escotilha, meu chapa, pela escotilha." Ele deu uma espiada na esposa. "Ligue pra Boston. Rápido, ligue pro pessoal do grupo de exames Leidekker."

"Ah, mas você tem um senso de humor tão inteligente", a sra. McArdle disse. "Por que é que você tenta?"

Teddy recolheu quase toda a cabeça. "Elas boiam bem direitinho", ele disse sem se virar. "Que interessante."

"Teddy. Pela última vez. Eu vou contar até três, e aí eu vou —"

"Não é que seja interessante elas boiarem", Teddy disse. "É interessante eu saber que elas estão ali. Se eu não tivesse visto, aí não ia saber que elas estão ali, e se eu não soubesse que elas estão ali, eu não ia nem poder dizer que elas existem. É um exemplo muito bom, perfeito mesmo, de como —"

"Teddy", a sra. McArdle interrompeu, sem visivelmente se mexer por baixo do lençol. "Vai achar a Booper pra mim. Cadê ela? Eu não quero ela deitada de novo lá no sol, com aquela queimadura."

"Ela está bem coberta. Eu fiz ela vestir o macacão", Teddy disse. "Uma ou outra agora está começando a afundar. Daqui a pouco elas só vão estar boiando na minha cabeça. Isso é bem interessante, porque dependendo de como você considera, foi lá que elas começaram a boiar mesmo. Se eu nem estivesse aqui, ou se alguém tivesse aparecido e cortado a minha cabeça bem quando eu estava —"

"Cadê ela agora?", a sra. McArdle perguntou. "Olha um segundo aqui pra mãe, Teddy."

Teddy se virou e olhou para a mãe. "O que foi?", ele disse.

"Cadê a Booper agora? Eu não quero ela se enroscando pelo meio das cadeiras do convés de novo, incomodando as pessoas. Se aquele sujeitinho horroroso —"

"Ela está bem. Eu dei a câmera pra ela."

O sr. McArdle se ergueu lentamente, apoiado num braço. "Você deu a *câ*mera pra ela!", ele disse. "Mas que diabo de ideia é essa? A merda da minha Leica! Eu não vou deixar uma criança de seis anos de idade sair se exibindo por aí com —"

"Eu mostrei pra ela como que segura pra não derrubar", Teddy disse. "E eu tirei o filme, claro."

"Eu quero aquela câmera, Teddy. Você está me ouvindo? Eu quero que você desça dessa mala agora mesmo, e eu quero aquela câmera de novo aqui no quarto em *cinco minutos* — ou vai ter um geniozinho entre os desaparecidos. Entendeu?"

Teddy virou os pés sobre a valise, e desceu. Ele se abaixou e amarrou o cadarço do tênis esquerdo enquanto seu pai, ainda apoiado num cotovelo, ficava observando como um bedel.

"Diga pra Booper que eu quero ela aqui", a sra. McArdle disse. "E dê um beijo aqui na mãe."

Atado o cadarço, Teddy perfunctoriamente deu um beijo no rosto da mãe. Ela por sua vez tirou o braço esquerdo de sob o lençol, como que determinada a envolver com ele a cintura de Teddy, mas quando terminou de tirá-lo dali, Teddy já tinha saído. Ele tinha ido para o outro lado e adentrado o espaço entre as duas camas. Ele se curvou e se levantou com o travesseiro do pai debaixo do braço esquerdo e o cinzeiro de vidro, cujo lugar era no criado-mudo, na mão direita. Passando o cinzeiro para a mão esquerda, foi até o criado-mudo e, com a borda da mão direita, varreu os tocos e as cinzas de cigarro do pai para o cinzeiro. Então, antes de pôr o cinzeiro em seu devido lugar, usou a parte de baixo do antebraço para limpar o fino rastro de cinzas que restou no vidro do tampo da mesa. Limpou o antebraço no calção de anarruga. Então pôs o cinzeiro no tampo de vidro, com todo o cuidado do mundo, como se acreditasse que um cinzeiro devesse estar no centro geométrico da superfície de um criado-mudo ou nem devesse estar ali. Naquele momento, seu pai, que estava olhando para ele, abruptamente deixou de olhar para ele. "Não quer o travesseiro?", Teddy lhe perguntou.

"Eu quero aquela câmera, rapazinho."

"O senhor não pode estar muito confortável nessa posição. Não é possível", Teddy disse. "Eu vou deixar bem aqui." Ele pôs o travesseiro no pé da cama, longe dos pés do pai. Foi saindo da cabine.

"Teddy", sua mãe disse, sem se virar. "Diga pra Booper que eu quero ver ela aqui antes da aula de natação."

"Por que você não deixa a menina em paz?", o sr. McArdle perguntou. "Parece que você não gosta quando ela tem uns minutinhos que sejam de liberdade. Sabe como você trata a Booper? Eu vou te dizer exatamente como você trata a Booper. Você trata a Booper como uma joça de uma criminosa."

"'Joça'! Ah, que fofo! Você está ficando tão refinado, amor meu."

Teddy ficou um momento ali na porta, pensativamente lidando com a maçaneta, que virava para um lado e para outro. "Depois que eu sair por essa porta, pode ser que eu exista só na cabeça de quem me conhece", ele disse. "Eu posso ser uma casca de laranja."

"O que foi, querido?", a sra. McArdle perguntou do outro lado da cabine, ainda deitada sobre o lado direito.

"Vamos com isso, meu chapa. Vamos lá buscar aquela Leica."

"Vem dar um beijo na mãe. Um belo de um beijão grandão."

"Agora não", Teddy disse distraído. "Eu estou cansado." Ele fechou a porta ao sair.

O jornalzinho do navio estava bem diante da porta. Era uma única folha de papel cuchê, impressa só de um lado. Teddy pegou a folha e começou a ler enquanto lentamente seguia para a ré pelo longo corredor. Do outro lado, uma imensa loira com um uniforme branco engomado vinha na sua direção, carregando um vaso de rosas vermelhas de cabo comprido. Ao passar por Teddy, ela estendeu a mão esquerda e roçou com ela o topo da cabeça do menino, dizendo, "Tem gente que está precisando cortar o cabelo!". Teddy passivamente levantou os olhos do jornal, mas a mulher tinha passado, e ele não olhou para trás. Continuou lendo. No fim do corredor, diante de um enorme mural de São Jorge e o Dragão que ficava sobre o patamar da escada, ele dobrou duas vezes o jornal do navio e o colocou no bolso traseiro esquerdo do calção. Subiu então os largos e rasos degraus acarpetados que levavam ao convés principal, um andar acima. Subia de dois em dois degraus, mas devagar, segurando no corrimão, usando o corpo todo, como se o ato de subir um lance de escadas fosse para ele, como para muitas crianças, um fim moderadamente satisfatório por si só. No patamar do convés principal, foi direto para o balcão dos comissários de bordo, onde uma moça bonita com um uniforme naval no momento reinava. Ela estava grampeando folhas de papel mimeografadas.

"Você sabe me dizer o horário daquele jogo de hoje, por favor?", Teddy lhe perguntou.

"Como assim?"

"Você sabe me dizer o horário daquele jogo de hoje, por favor?"

A garota lhe deu um sorriso de batom. "Que jogo, queridinho?", ela perguntou.

"Você sabe. Aquele jogo de palavras que teve ontem e anteontem, onde é pra você achar as palavras que ficam faltando. É basicamente uma questão de colocar tudo no contexto."

A moça interrompeu a tarefa de encaixar três folhas de papel entre as faces do grampeador. "Ah", ela disse. "Só no fim da tarde, acho eu. Acho que é lá pelas quatro. Mas não é meio complicado pra você, queridinho?"

"Não, não mesmo... Obrigado", Teddy disse, e foi saindo.

"Espera um minuto, queridinho! Como é que você se chama?"

"Theodore McArdle", Teddy disse. "E você?"

"Eu?", disse a moça, sorrindo. "Eu me chamo segundo-tenente Mathewson."

Teddy ficou vendo ela pressionar o grampeador. "Eu sabia que você era segundo-tenente", ele disse. "Eu não sei bem, mas acho que quando alguém pergunta como você se chama é pra você dizer o seu nome todo. Jane Mathewson, ou Phyllis Mathewson, conforme seja o caso."

"Ah, *sério*?"

"Como eu disse, eu *acho*", Teddy disse. "Mas eu não sei bem. Pode ser diferente se você está fardado. Enfim, obrigado pela informação. Tchau!" Ele se virou e subiu a escada que levava para o convés de passeio, de novo de dois em dois degraus, mas dessa vez como se estivesse meio apressado.

Encontrou Booper, depois de procurar bastante, bem no alto do convés de esportes. Ela estava numa abertura ensolarada — uma clareira, praticamente — entre duas quadras de peteca que não estavam em uso. Agachada, com o sol lhe batendo nas costas e uma brisa leve que balançava o seu cabelo loiro sedoso, ela estava ocupadíssima empilhando doze ou catorze discos de shuffleboard em duas colunas tangentes, uma para os discos pretos, uma para os vermelhos. Um menino bem pequeno, com um macacãozinho de algodão branco, estava de pé perto dela, à sua direita, meramente em posição de observador. "Olha!", Booper disse como uma ordem para o irmão que se aproximava. Ela se estendeu de bruços e cercou as duas colunas de discos com os braços para exibir sua façanha, para isolá-la de tudo mais que estivesse a bordo. "*M*yron", ela disse de maneira hostil, dirigindo-se ao companheiro, "você está fazendo sombra por tudo, assim o meu irmão não vai enxergar. Tira essa carcaça daqui." Ela fechou os olhos e ficou esperando, com a careta de quem carrega sua cruz, que Myron se mexesse.

Teddy parou ao lado das duas colunas de discos e olhou para baixo como quem as avaliasse. "Ficou bem legal", ele disse. "Bem simétrico."

"*Esse* sujeito aqui", Booper disse, apontando para Myron, "nunca nem ouviu falar de ga*mão*. Eles nem têm tabuleiro."

Teddy lançou um olhar breve e objetivo para Myron. "Escuta", ele disse a Booper. "Cadê a câmera? O papai quer agora."

"Ele nem mora em Nova York", Booper informou Teddy. "E o pai dele morreu. Mataram ele na Coreia." Ela se virou para Myron. "Não foi?", ela perguntou, mas sem esperar pela resposta. "Agora, se a mãe dele morrer, ele vai ficar órfão. Ele nem sabia disso." Ela olhou para Myron. "*Sabia?*"

Myron, prudente, cruzou os braços.

"Você é a pessoa mais burra que eu já vi", Booper lhe disse. "Você é a pessoa mais burra do oceano. Sabia dessa?"

"Não é", Teddy disse. "Não é não, Myron." Ele se dirigiu à irmã. "Presta atenção em mim um segundo. Cadê a câmera? Eu estou precisando dela agora mesmo. Cadê?"

"Ali", Booper disse, sem apontar em nenhuma direção. Ela puxou as duas colunas de discos de shuffleboard para mais perto. "Agora eu só preciso de dois gigantes", ela disse. "Eles podiam ficar jogando gamão até se cansarem e aí podiam trepar naquela chaminé e jogar isso aqui nas pessoas e matar todo mundo." Ela olhou para Myron. "Eles podiam matar os seus pais", ela lhe disse informativa. "E se isso não matasse os dois, sabe o que ia matar? Dava pra envenenar uns marshmallows e fazer eles comerem."

A Leica estava a uns três metros dali, junto do parapeito branco que delimitava o convés de esportes. Estava na canaleta de drenagem, deitada de lado. Teddy foi até ali e pegou a câmera pela correia, pendurando-a no pescoço. Então, imediatamente, tirou do pescoço. Levou a câmera para Booper. "Booper, me faz um favor. Leva você a câmera lá pra baixo", ele disse. "São dez horas. Eu tenho que escrever no meu diário."

"Eu estou ocupada."

"Até porque a mãe quer te ver por lá agora", Teddy disse.

"Mentiroso."

"Eu não sou mentiroso. Ela quer mesmo", Teddy disse. "Então, por favor, desce com a câmera quando for... Anda, Booper."

"Ela me quer lá pra quê?", Booper perguntou. "Eu não quero falar com *ela*." Ela subitamente deu um tapa na mão de Myron, que estava no ato de tirar o primeiro disco do topo da coluna vermelha. "Tira as patinhas", ela disse.

Teddy pendurou a correia presa à Leica no pescoço dela. "Sério, agora. Leve agora mesmo isso aqui pro pai, e aí eu te encontro depois, na piscina", ele disse. "Eu te encontro na beira da piscina às dez e meia. Ou lá na frente daquele lugar onde você troca de roupa. Mas chegue na hora. É lá embaixo, no convés E, não esqueça, então saia bem antes." Ele se virou, e foi embora.

"Eu te odeio! Eu odeio todo mundo no oceano!", Booper gritou para ele.

Embaixo do convés de esportes, na larga extremidade de ré do convés de bronzeamento, inabalavelmente a céu aberto, havia cerca de setenta e cinco cadeiras, ou mais, arrumadas e alinhadas em sete ou oito fileiras, com corredores entre elas que eram amplos o suficiente apenas para que o comissário do convés os utilizasse sem inevitavelmente tropeçar na parafernália de bronzeamento dos passageiros — bolsas de crochê, romances com sobrecapas, frascos de loção bronzeadora, câmeras. A área estava lotada quando Teddy chegou. Ele começou pela fileira do fundo e se deslocou metodicamente, de fileira em fileira, parando em cada cadeira, estivesse ela ocupada ou não, para ler a etiqueta com o nome que elas tinham no braço. Só um ou dois dos passageiros reclinados falaram com ele — ou seja, disseram qualquer uma das bobagens simpáticas que os adultos se veem por vezes inclinados a dizer a um menino de dez anos de idade que está concentradamente procurando a cadeira que lhe pertence. Sua juventude e sua concentração eram mais que óbvias, mas talvez seu comportamento geral não demonstrasse, ou demonstrasse muito pouco, aquele tipo de solenidade fofinha a que muitos adultos se dirigem, ou se rebaixam. Sua roupa também pode ter tido algo a ver com isso. O buraco no ombro da sua camiseta não era um buraco fofinho. O tecido que sobrava nos fundilhos do seu calção de anarruga, o comprimento que sobrava no próprio calção, não eram sobras fofinhas.

As quatro espreguiçadeiras dos McArdle, já com suas almofadas e prontas para serem ocupadas, estavam situadas no meio da segunda fileira da frente. Teddy sentou numa delas de modo que — fosse ou não fosse essa sua intenção — ninguém ficasse imediatamente a seu lado. Ele esticou as pernas nuas, não bronzeadas, com os pés juntinhos, sobre o apoio de pernas, e quase simultaneamente tirou um caderninho de dez centavos do bolso traseiro direito. Então, com uma concentração imediatamente aguda, como se apenas ele e o caderno existissem — nada de sol, nem de outros passageiros, nada de navio —, começou a virar as páginas.

À exceção de pouquíssimas anotações, as entradas do caderno tinham aparentemente sido feitas com uma esferográfica. A caligrafia era em estilo manuscrito, como hoje se ensina nas escolas americanas, em vez do antigo método Palmer. Era legível sem ser bonitinha demais. A fluidez era o que chamava a atenção naquela letra. De maneira nenhuma — de nenhuma maneira mecânica, pelo menos — as palavras e frases pareciam escritas por uma criança.

Teddy dedicou considerável tempo de leitura ao que parecia ser sua entrada mais recente. Ela cobria pouco mais de três páginas:

Diário, 27 de outubro de 1952
Propriedade de Theodore McArdle
Convés 412 A

Recompensa adequada e agradável se quem o encontrar devolvê-lo imediatamente a Theodore McArdle.

Ver se você consegue encontrar a etiqueta de identificação militar do papai, e usar sempre que for possível. Não vai te matar e ele vai gostar.

Responder a carta do professor Mandell quando tiver tempo e paciência. Pedir para ele não me mandar mais livros de poesia. Até porque eu já tenho pra um ano. Um homem anda pela praia e infelizmente leva um coco na cabeça. Sua cabeça infelizmente se racha em duas partes. Então a esposa dele vem pela praia cantando uma música e vê as duas partes e as reconhece e as pega do chão. Ela fica muito triste é claro e chora melancolicamente. É exatamente aqui que eu fico cansado de poesia. E se a mulher pegar as duas partes e gritar ali dentro com muita raiva "Pare com isso!". Não mencionar isso quando responder a carta dele, no entanto. É bem controverso, e a sra. Mandell além de tudo é poeta.

Conseguir o endereço do Sven em Elizabeth, Nova Jersey. Seria interessante conhecer a esposa dele, e também a Lindy, a cadela deles. Contudo, eu mesmo não gostaria de ter um cachorro.

Escrever carta de condolências ao dr. Wokawara pela sua nefrite. Conseguir o novo endereço dele com a mãe.

Tentar o convés de esportes para meditar amanhã cedo antes do café da manhã mas não perder a consciência. E também não perder a consciência na sala de jantar se o garçom derrubar de novo aquela colherona. Papai ficou bem furioso.

Palavras e expressões para procurar na biblioteca amanhã quando você for devolver os livros —

>	nefrite
>	miríade
>	cavalodado
>	astucioso
>	triunvirato

Ser mais simpático com o bibliotecário. Discutir assuntos gerais com ele quando ele ficar engraçadinho.

Teddy abruptamente tirou uma esferográfica pequena, em formato de ogiva, do bolso lateral do calção, destampou a caneta, e começou a escrever. Usou a coxa direita de mesa, em vez do braço da cadeira.

Diário, 28 de outubro de 1952
Mesmo endereço e mesma recompensa listados nos dias 26 e 27 de outubro de 1952.

Escrevi cartas para as seguintes pessoas depois de meditar hoje cedo.
>	dr. Wokawara
>	professor Mandell
>	professor Peet
>	Burgess Hake, Jr.
>	Roberta Hake

 Sanford Hake
 vovó Hake
 sr. Graham
 professor Walton
Podia ter perguntado para a mãe onde estão as placas de identificação do pai mas ela provavelmente ia dizer que eu não tenho que usar. Eu sei que ele trouxe porque vi ele pôr na mala.

A vida na minha opinião é cavalodado.

Acho muito desagradável da parte do professor Walton ficar criticando os meus pais. Ele quer que as pessoas sejam do jeito dele.

Vai ser hoje ou no dia 14 de fevereiro de 1958, quando eu estiver com dezesseis. É ridículo mencionar até.

Depois de escrever essa última entrada, Teddy seguiu mantendo a atenção na página e mantendo a esferográfica pronta, como se houvesse mais a escrever.
 Aparentemente ele não tinha consciência da existência de um único observador interessado. Quase cinco metros longe da primeira fila de espreguiçadeiras, na direção de vante, e talvez uns seis ensolaradíssimos metros acima, um rapaz o observava com firmeza, apoiado no parapeito do convés de esportes. Isso estava acontecendo havia uns dez minutos. Era nítido que o rapaz agora estava chegando a alguma espécie de decisão, pois abruptamente tirou o pé do parapeito. Ele ficou parado por um momento, ainda olhando na direção de Teddy, e então se afastou, sumiu. Mas menos de um minuto depois ele surgiu, intuitivamente vertical, entre as filas de espreguiçadeiras. Tinha seus trinta anos, ou menos. Súbito começou a

abrir caminho pelo corredor, na direção da cadeira de Teddy, projetando sombras distraídas nas páginas dos romances dos outros e pisando algo desinibidamente (considerando-se que o seu era o único vulto ereto e móvel à vista) por entre bolsas de crochê e outros artigos pessoais.

Teddy parecia não perceber o fato de que alguém estava parado ao pé de sua cadeira — ou, na verdade, fazendo sombra no seu caderno. Algumas pessoas na fileira ou nas fileiras logo atrás dele, contudo, tinham mais facilidade para se distrair. Elas ergueram os olhos para o rapaz como, talvez, somente pessoas estendidas em espreguiçadeiras podem erguer os olhos para alguém. O rapaz tinha uma certa postura, todavia, que dava a impressão de poder se manter por muito tempo, com a pequena condição de ficar com ao menos uma mão no bolso. "Oi, amigo!", ele disse a Teddy.

Teddy ergueu os olhos. "Oi", ele disse. Ele fechou parcialmente seu caderno, que parcialmente se deixou fechar sozinho.

"Posso sentar aqui um pouquinho?", o rapaz perguntou, com o que parecia ser uma cordialidade infinita. "Essa cadeira é de alguém?"

"Bom, essas quatro cadeiras são da minha família", Teddy disse. "Mas os meus pais ainda não levantaram."

"Não *levantaram*? Com um dia desses", o rapaz disse. Ele já tinha se estendido na cadeira que ficava à direita de Teddy. As cadeiras estavam dispostas tão perto umas das outras que seus braços se tocavam. "Isso é sacrilégio", ele disse. "Um absoluto sacrilégio." Ele esticou as pernas, que eram estranhamente roliças nas coxas, quase como corpos humanos de pleno direito. Usava, de modo geral, um fardamento-padrão do litoral oriental: cabelo raspado em cima, sapatos de amarrar já gastos embaixo, com um uniforme mais misturado no meio — meias de lã bege, calças cinza-escuras, camisa, sem gravata, e um paletó de tecido espinha de peixe que parecia ter sido devidamente envelhecido num dos mais populares seminários de pós-graduação em Yale, ou Harvard, ou Princeton. "Ah, Jesus, que dia divino", ele disse apreciativamente, apertando os olhos para olhar o sol. "Eu vivo completamente à mercê do clima." Ele cruzou as pernas pesadas, na altura dos tornozelos. "A bem da verdade, já houve casos em que eu considerei um dia de chuva perfeitamente normal como uma ofensa pessoal. Então isso aqui é absolutamente um maná para mim." Ainda que seu sotaque fosse, na terminologia normal, bem-educado, ele falava consideravelmente mais alto que o devido, como se tivesse chegado a algum acordo consigo de que tudo que tinha a dizer soaria basicamente correto — inteligente, letrado e até divertido ou estimulante — ou do ponto de vista de Teddy ou do das pessoas que estavam na fileira de trás, caso elas estivessem prestando atenção. Ele baixou obliquamente os olhos para Teddy, e sorriu. "Como é a sua relação com o tempo?", ele perguntou. Seu sorriso não era desprovido de encanto, mas era social, ou conversacional, e dizia respeito, ainda que indiretamente, apenas ao seu próprio ego. "O tempo chega a te incomodar bem mais do que seria razoável?", ele perguntou, sorrindo.

"Eu não levo tanto pro lado pessoal, se é isso que você quer dizer", Teddy disse.

O rapaz riu, deixando a cabeça ir para trás. "Maravilhoso", ele disse. "Meu nome, aliás, é Bob Nicholson. Não sei se nós chegamos a esse ponto na academia. Eu sei o *seu* nome, claro."

Teddy se apoiou apenas num lado do quadril e guardou o caderno no bolso lateral do calção.

"Eu estava vendo você escrever — lá de cima", Nicholson disse, narrativamente, apontando. "Meu Senhor. Você estava trabalhando como um troianinho."

Teddy olhou para ele. "Eu estava escrevendo uma coisa no meu caderno."

Nicholson concordou com a cabeça, sorrindo. "O que você achou da Europa?", ele perguntou como quem puxa assunto. "Gostou?"

"Gostei. Gostei muito, obrigado."

"Aonde vocês foram?"

Teddy subitamente estendeu a mão e coçou a panturrilha. "Bom, ia demorar muito tempo se eu dissesse todos os lugares, porque a gente pegou o nosso carro e foi até que bem longe." Ele se reclinou. "Mas a minha mãe e eu ficamos principalmente em Edimburgo, na Escócia, e em Oxford, na Inglaterra. Acho que eu te falei na academia que tinha que ser entrevistado nessas duas cidades. Especialmente na Universidade de Edimburgo."

"Não, acho que você não falou", Nicholson disse. "Eu estava aqui pensando se você tinha feito alguma coisa assim. Como foi? Eles te apertaram?"

"Como assim?", Teddy disse.

"Como foi? Foi interessante?"

"Umas coisas foram. Outras, não", Teddy disse. "A gente ficou um pouco mais do que devia. O meu pai queria voltar pra Nova York um pouco antes do que este navio aqui. Mas umas pessoas estavam chegando de Estocolmo, na Suécia, e de Innsbruck, na Áustria, pra me conhecer, e a gente teve que ficar esperando."

"É sempre assim."

Teddy olhou diretamente para ele pela primeira vez. "Você é poeta?", ele perguntou.

"Poeta?", Nicholson disse. "Jesus amado, não. Infelizmente não. Por que você pergunta?"

"Não sei. Os poetas sempre levam o tempo para o lado pessoal. Eles vivem metendo as emoções deles em coisas que não têm emoção."

Nicholson, sorrindo, pôs a mão no bolso do paletó e tirou cigarros e fósforos. "Eu até pensava que era disso que eles viviam", ele disse. "As emoções não são o objeto principal da atividade dos poetas?"

Teddy aparentemente não o ouviu, ou não estava prestando atenção. Estava distraidamente olhando para, ou por sobre, as chaminés gêmeas lá do convés de esportes.

Nicholson conseguiu acender o cigarro, com certa dificuldade, pois soprava uma leve brisa do norte. Ele se recostou e disse, "Pelo que eu soube, você deixou o pessoal bem desorientado —".

"'Nada na voz da cigarra declara que ela morrerá tão cedo'", Teddy disse de repente. "'Por esta estrada caminha ninguém, nesta tarde de outono.'"

"Isso foi o quê?", Nicholson perguntou, sorrindo. "Diga de novo."

"São dois poemas japoneses. Eles não são entupidos de emoção", Teddy disse. Ele sentou ereto abruptamente, inclinou a cabeça para a direita, e deu uma leve palmada na orelha direita. "Eu ainda estou com um pouco de água no ouvido por causa da aula de natação de ontem", ele disse. Deu mais uns tapas na orelha, então se recostou, erguendo os braços nos dois apoios da cadeira. Era, óbvio, uma espreguiçadeira normal para adultos, e ele parecia nitidamente pequeno nela, mas ao mesmo tempo parecia perfeitamente relaxado, e até sereno.

"Pelo que eu soube você deixou o pessoal bem desorientado lá naquele ninho de pedantes de Boston", Nicholson disse, olhando para ele. "Depois daquele último entrevero. O grupo de exames Leidekker inteirinho, mais ou menos, pelo que eu entendi. Acho que eu te disse que tive uma conversa longa com o Al Babcock em junho passado. Na mesma noite, a bem da verdade, em que eu ouvi a sua fita."

"Sim, você disse. Você me contou."

"Acho que o pessoal ficou bem perturbado", Nicholson insistiu. "Pelo que o Al me disse, vocês tiveram uma discussãozinha bem letal no fim de uma noite — a mesma noite em que você gravou a fita, acho eu." Ele deu uma tragada no cigarro. "Pelo que eu pude entender, você fez umas previsões que perturbaram demais a rapaziada. É verdade?"

"Eu queria saber por que as pessoas acham tão importante ser emotivo", Teddy disse. "A minha mãe e o meu pai não acham que uma pessoa é humana a não ser que ela ache um monte de coisas bem tristes ou bem irritantes ou bem — bem *injustas*, por assim dizer. O meu pai fica bem emotivo quando lê o jornal. Ele acha que eu sou desumano."

Nicholson bateu a cinza do cigarro para um lado. "Eu devo supor que você não tem emoções?", ele disse.

Teddy refletiu antes de responder. "Se tenho, eu não lembro de ter usado", ele disse. "Eu não vejo *utilidade* nas emoções."

"Você sente amor por Deus, não sente?", Nicholson perguntou, com um certo excesso de tranquilidade. "Não é esse o seu ponto forte, digamos assim? Pelo que eu ouvi naquela fita e pelo que o Al Babcock —"

"Ah, sim, claro, Ele, eu amo. Mas não amo de um jeito sentimental. Ele nunca disse que as pessoas tinham que amar a Ele de um jeito sentimental", Teddy disse. "Se *eu* fosse Deus, pode apostar que eu não ia querer que as pessoas me amassem de um jeito sentimental. É muito inseguro."

"Você ama os seus pais, não ama?"

"Sim, amo — muito", Teddy disse, "mas você quer me fazer usar essa palavra com o sentido que você quer que ela tenha — eu já percebi."

"Tudo bem. Em que sentido *você* quer usar?"

Teddy pensou no assunto. "Sabe o que a palavra 'afinidade' quer dizer?", ele perguntou, virando-se para Nicholson.

"Eu tenho uma vaga ideia", Nicholson disse com secura.

"Eu sinto uma forte afinidade por eles. Eles são meus pais, afinal, e nós fazemos parte da harmonia uns dos outros e tudo mais", Teddy disse. "Eu quero que eles tenham uma vida boa enquanto ela durar, porque eles gostam de uma vida boa… Mas eles não amam a mim e a Booper — a minha irmã — desse jeito. O que eu quero dizer é que eles não parecem capazes de amar a gente como a gente é. Eles não parecem capazes de amar a gente a não ser que possam ficar mudando a gente aos pouquinhos. Eles amam os motivos que têm pra amar a gente quase tanto quanto amam a gente, e normalmente mais. Assim não é tão bom." Ele se virou de novo para Nicholson, inclinando-se levemente para a frente. "Você tem horas, por favor?", ele perguntou. "Eu tenho aula de natação às dez e meia."

"Você tem tempo", Nicholson disse sem olhar primeiro para o relógio de pulso. Ergueu o punho da camisa. "São só dez e dez", ele disse.

"Obrigado", Teddy disse, e se recostou. "Nós podemos aproveitar a nossa conversa por mais uns dez minutos."

Nicholson deixou uma perna cair pela lateral da espreguiçadeira, inclinou-se para a frente e pisou no toco do cigarro. "Pelo que eu pude entender", ele disse, reclinando-se, "você sustenta com certo vigor a teoria vedântica da reencarnação."

"Não é uma teoria, ela é tão central pra —"

"Tudo bem", Nicholson disse rápido. Ele sorriu, e gentilmente ergueu as palmas das mãos, numa espécie de bênção irônica. "A gente não vai discutir essa questão, por enquanto. Deixe eu terminar." Ele cruzou de novo as pesadas pernas estendidas. "Pelo que eu compreendo, você obtém certas informações, através da meditação, que te deixaram razoavelmente convicto de que na sua última encarnação você foi um homem santo na Índia, mas basicamente caiu em desgraça —"

"Eu não fui um homem santo", Teddy disse. "Só uma pessoa que foi progredindo bastante bem em termos espirituais."

"Tudo bem — como você quiser", Nicholson disse. "Mas a questão é que você sente que na sua última encarnação você basicamente caiu em desgraça antes da Iluminação final. É verdade isso, ou eu estou —"

"É verdade", Teddy disse. "Eu conheci uma mulher, e meio que parei de meditar." Ele tirou os braços dos apoios e colocou as mãos, como que para aquecê-las, embaixo das coxas. "Eu ia ter sido obrigado a assumir mais um corpo e voltar pra Terra de qual*quer* jeito — quer dizer, eu não estava tão espiritualmente avançado que pudesse ter morrido, se não tivesse conhecido aquela mulher, e aí ido direto para Brahma sem nunca mais ter que voltar pra Terra. Mas eu não ia precisar encarnar num corpo ameri*ca*no se não tivesse conhecido a tal mulher. Assim, é bem difícil meditar e levar uma vida espiritual nos Estados Unidos. As pessoas pensam que você é um monstro se você tenta. O meu pai me acha um monstro, de certa forma. E a minha mãe — bom, ela não acha que é bom pra mim ficar pensando em Deus o tempo todo. Ela acha que faz mal pra minha saúde."

Nicholson estava olhando para ele, examinando o menino. "Acho que você disse naquela última fita que você tinha seis anos quando teve a primeira experiência mística. É verdade isso?"

"Eu tinha seis anos quando vi que tudo era Deus, e meu cabelo arrepiou, e tudo mais", Teddy disse. "Foi num domingo, eu lembro. A minha irmã era só uma criancinha minúscula, e ela estava tomando leite, e de repente eu vi que *ela* era Deus e que o *leite* era Deus. Assim, ela só estava entornando Deus em Deus, se é que você me entende."

Nicholson não abriu a boca.

"Mas eu conseguia sair das dimensões finitas bem fácil quando tinha quatro anos", Teddy disse, como quem só agora pensasse nisso. "Não o tempo todo nem nada assim, mas bem fácil."

Nicholson concordou com a cabeça. "E você saía mesmo?", ele disse. "Você conseguia?"

"Sim", Teddy disse. "Isso estava na fita... Ou vai ver que estava na que eu fiz em abril passado. Eu não sei bem."

Nicholson pegou de novo os seus cigarros, mas sem tirar os olhos de Teddy. "Como é que se faz pra sair das dimensões finitas?", ele perguntou, e deu uma espécie de risada breve. "Assim, pra começar do bem básico, um pedaço de madeira é um pedaço de madeira, por exemplo. Tem um comprimento, uma largura —"

"Não tem. É aí que você se engana completamente", Teddy disse. "Todo mundo só *acha* que as coisas se interrompem em algum ponto. Mas não. Era isso que eu estava tentando dizer ao professor Peet." Ele se remexeu na cadeira e pegou um horror de um lenço — uma entidade cinzenta e embolada — e assoou o nariz. "O motivo de *parecer* que as coisas se interrompem em algum ponto é porque a maioria das pessoas só sabe olhar as coisas desse jeito", ele disse. "Mas isso não quer dizer que seja verdade." Ele guardou o lenço e olhou para Nicholson. "Você pode esticar o braço um segundo, por favor?", ele perguntou.

"O meu braço? Por quê?"

"Só estique. Só um segundinho."

Nicholson ergueu o antebraço três ou quatro centímetros acima do nível do apoio da cadeira. "Esse aqui?", ele perguntou.

Teddy fez que sim. "Como é que você se refere a isso?", ele perguntou.

"Como assim? É o meu braço. É um *braço*."

"Como é que você sabe que é?", Teddy perguntou. "Você sabe que se chama braço, mas como é que você sabe que é um braço? Você tem alguma prova de que é um braço?"

Nicholson tirou um cigarro do maço, e acendeu. "Acho que isso tem cheiro do pior tipo de sofisma, sinceramente", ele disse, soltando fumaça. "É um braço, pelo amor de Deus, porque é um braço. Em primeiro lugar, tem que ter algum nome pra se distinguir dos outros objetos. Assim, você não pode simplesmente —"

"Você está simplesmente sendo lógico", Teddy lhe disse impassível.

"Eu estou simplesmente sendo o quê?", Nicholson perguntou, com um certo excesso de polidez.

"Lógico. Você está simplesmente me dando uma resposta normal e inteligente", Teddy disse. "Eu estava tentando te ajudar. Você me perguntou como eu saio das dimensões finitas quando me dá vontade. Pode apostar que eu não uso lógica pra fazer isso. A lógica é a primeira coisa de que você precisa se livrar."

Nicholson usou os dedos para tirar um pedacinho de tabaco da língua.

"Você conhece Adão?", Teddy lhe perguntou.

"Se eu conheço quem?"

"Adão. Da Bíblia."

Nicholson sorriu. "Não pessoalmente", disse com secura.

Teddy hesitou. "Não fique bravo comigo", ele disse. "Você me fez uma pergunta, e eu estou —"

"Eu não estou *bravo* com você, pelo amor de Deus."

"Certo", Teddy disse. Ele estava reclinado na sua cadeira, mas tinha a cabeça virada para Nicholson. "Sabe aquela maçã que Adão comeu no Jardim do Éden, que é mencionada na Bíblia?", ele perguntou. "Você sabe o que tinha naquela maçã? Lógica. Lógica e essas coisas intelectuais. Era só o que tinha lá dentro. Então — é aí que eu quero chegar — o que você precisa fazer é vomitar tudo isso se quiser ver as coisas como elas são de verdade. Assim, se você vomitar isso tudo, aí não vai mais ter dificuldades com pedaços de madeira e tal. Você não vai ver as coisas se interrom*pen*do o tempo todo. E vai saber o que o seu braço é de verdade, se estiver interessado. Sabe como? Você está me entendendo?"

"Eu estou entendendo", Nicholson disse, algo brevemente.

"O problema", Teddy disse, "é que a maioria das pessoas não quer ver as coisas como elas são. Elas não querem nem parar de ficar nascendo e morrendo o tempo todo. Elas só querem corpos novos o tempo todo, em vez de parar e ficar com Deus, onde é bem bacana ficar." Ele refletiu. "Eu nunca vi tanto comedor de maçã", disse. Ele sacudiu a cabeça.

Naquele momento, um comissário de bordo com uma jaqueta branca, que fazia sua ronda na área, parou diante de Teddy e Nicholson e perguntou se eles gostariam de tomar um caldo de carne. Nicholson nem reagiu à pergunta. Teddy disse, "Não, obrigado", e o comissário de bordo passou por eles.

"Se você prefere não discutir essas coisas, você não é obrigado", Nicholson disse abrupta e algo bruscamente. Ele bateu a cinza do cigarro. "Mas é verdade, ou não é?, que você informou a todo o pessoal do Leidekker — Walton, Peet, Larsen, Samuels e aquele pessoal — quando e onde e como eles vão um dia morrer? Isso é verdade, ou não é? Você não precisa discutir essas coisas se não quiser, mas o boato que anda correndo em Boston —"

"Não, não é verdade", Teddy disse enfaticamente. "Eu falei pra eles de lugares, e *momentos*, em que eles deviam ter muito, mas muito cuidado. E disse que podia ser uma boa ideia *fazer* certas coisas... Mas eu não disse nada *disso*. Eu não disse nada de inevitável, desse jeito." Ele puxou de novo o lenço e o usou. Nicholson ficou esperando, olhando para ele. "E eu não disse nada assim pro professor Peet. Em primeiro lugar, ele não era um dos sujeitos que ficavam ali de bobeira e me fazendo um monte de perguntas. Assim, a única coisa que eu disse pro professor Peet foi que ele não devia mais ser professor depois de janeiro — foi só isso que eu disse." Teddy, reclinando-se na cadeira, ficou calado por um momento. "Todos os outros professores que você mencionou, eles praticamente me forçaram a contar essas coisas todas. Foi depois que a entrevista e a gravação da fita já tinham acabado, e estava bem tarde, e eles todos foram ficando, fumando e dando uma de engraçadinhos."

"Mas você não disse ao Walton, ou ao Larsen, por exemplo, quando ou onde ou como a morte um dia viria?", Nicholson insistiu.

"*Não*. Não disse", Teddy afirmou. "Eu não teria dito *nada* disso, mas eles não paravam de fa*lar* desse assunto. Foi meio que o professor Walton quem começou. Ele disse que queria muito saber quando ia morrer, porque aí ele ia saber que trabalho devia fazer e que trabalhos não devia fazer, e como usar da melhor maneira possível o tempo que tinha, e tudo isso assim. E aí eles todos disseram... Então eu contei um pouquinho."

Nicholson não abriu a boca.

"Mas eu não disse quando eles iam morrer de verdade. Isso é um boato pra lá de falso", Teddy disse. "Eu *podia* ter dito, mas sabia que no fundo do coração eles na verdade não queriam saber. Assim, eu sabia que apesar de darem aula de religião e filosofia e tudo, eles ainda têm bastante medo de morrer." Teddy ficou ali um minuto sentado, ou reclinado, em silêncio. "É tão bobo", ele disse. "A única coisa que você faz é se livrar desse corpo quando morre. Meu santinho, todo mundo já fez isso milhares e milhares de vezes. Só porque eles não lembram, não quer dizer que não fizeram. É tão bobo."

"Pode bem ser. Pode bem ser", Nicholson disse. "Mas não se pode esquecer o fato lógico de que por mais inteligente que seja —"

"É tão bobo", Teddy disse de novo. "Por exemplo, eu tenho uma aula de natação daqui a uns cinco minutos. Eu podia descer pra piscina, e ela podia estar sem água. Pode ser hoje o dia em que eles trocam a água ou sei lá o quê. Mas o que podia acontecer é que eu podia ir até a beiradinha, só pra dar uma olhada no fundo, por exemplo, e a minha irmã podia chegar e meio que me dar um empurrão. Eu podia quebrar o crânio e morrer na hora." Teddy olhou para Nicholson. "Isso podia acontecer", ele disse. "A minha irmã só tem seis aninhos, e não é humana há muitas vidas, e não gosta muito de mim. Isso podia sim acontecer. Mas o que teria de tão trágico assim nisso? Do que eu devia ter medo, quer dizer? Eu só ia estar fazendo o que devia estar fazendo, só isso, não é verdade?"

Nicholson bufou de leve. "Podia não ser uma tragédia do seu ponto de vista, mas certamente seria um acontecimento triste para a sua mãe e o seu pai", ele disse. "Já parou pra pensar nisso?"

"Já, claro que sim", Teddy disse. "Mas isso é só porque eles têm nomes e emoções pra tudo que acontece." Estava de novo com as mãos presas embaixo das pernas. Ele as tirou dali agora, pôs os braços nos apoios e olhou para Nicholson. "Você conhece o Sven? O sujeito que cuida da academia?", ele perguntou. Ficou esperando até receber um aceno de Nicholson. "Bom, se o Sven sonhasse hoje à noite que a cadela dele tinha morrido, ele ia passar uma noite muito, mas muito ruim, porque ele gosta muito daquela cadela. Mas quando ele acordasse de manhã, tudo ia estar bem. Ele ia saber que foi só um sonho."

Nicholson concordou com a cabeça. "Aonde é que você quer chegar, exatamente?"

"A questão é que se a cadela dele morresse de verdade, ia ser exatamente a mesma coisa. Só que ele não ia saber. Assim, ele só ia acordar quando ele também morresse."

Nicholson, com um olhar distante, estava usando a mão direita para se aplicar uma lenta e voluptuosa massagem na nuca. Sua mão esquerda, imóvel no apoio de braço, com um cigarro novo ainda apagado entre os dedos, parecia estranhamente branca e inorgânica sob a intensa luz do sol.

Teddy subitamente levantou. "Eu tenho que ir mesmo, desculpa", ele disse. Ele sentou, cuidadosamente, no apoio de pernas preso à sua cadeira, encarando Nicholson, e pôs a camiseta para dentro do calção. "Eu tenho coisa de um minuto e meio, imagino, pra chegar na aula de natação", ele disse. "Fica lá embaixo no convés E."

"Posso te perguntar por que você disse para o professor Peet que ele devia parar de dar aula depois do primeiro dia do ano?", Nicholson perguntou, algo rispidamente. "Eu conheço o Bob Peet. É por isso que eu estou perguntando."

Teddy apertou seu cinto de couro de crocodilo. "Só porque ele é bem espiritual, e está dando aula agora sobre várias coisas que não são muito boas pra ele, caso ele queira progredir de verdade em termos espirituais. Ele fica estimulado demais. É hora dele *tirar* tudo da cabeça, em vez de *colocar* mais coisas lá dentro. Ele podia se livrar da maçã quase toda só nessa vida aqui se quisesse. Ele é muito bom em meditação." Teddy levantou. "Melhor eu ir agora. Eu não quero chegar atrasado demais."

Nicholson ergueu os olhos para ele, e manteve o olhar — detendo o menino. "O que você faria se pudesse mudar o sistema educacional?", ele perguntou ambiguamente. "Já pensou nisso?"

"Eu tenho mesmo que ir", Teddy disse.

"Só responda essa única pergunta", Nicholson disse. "A educação é a minha pequena obsessão, na verdade — é disso que eu dou aula. Por isso é que eu pergunto."

"Bom... eu não sei direito o que eu ia fazer", Teddy disse. "Eu sei que quase certamente eu não ia começar por onde as escolas normalmente começam." Ele cruzou os braços, e refletiu brevemente. "Acho que primeiro eu ia reunir as crianças todas e ensinar meditação. Eu ia tentar mostrar pra elas como descobrir quem elas *são*, não só qual é o nome delas e essas coisas assim... Acho que, antes disso até, eu ia pedir pra elas jogarem fora tudo que os pais e todo mundo já disseram pra elas. Assim, até se os pais delas acabaram de dizer que um elefante é um bicho grande, eu ia fazer elas jogarem *isso* fora. Um elefante só é grande quando está perto de outra coisa — de um cachorro ou de uma mulher, por exemplo." Teddy pensou mais um momento. "Eu não ia nem dizer pra elas que elefante tem tromba. Eu podia *mostrar* um elefante pra elas, se tivesse um por perto, mas ia deixar que elas fossem até o elefante sem saber mais sobre ele do que o elefante sabe sobre *elas*. A mesma coisa com a grama, e as outras coisas. Eu não ia nem dizer pra elas que a grama é verde. Uma cor é só um nome. Quer dizer, se você falar pra elas que a grama é verde, isso faz elas ficarem esperando que a grama tenha uma certa aparência — aquela que você considera *certa* — em vez de outra que pode ser tão boa quanto, e talvez até bem melhor... Não sei. Eu ia fazer elas vomitarem cada pedacinho da maçã que os pais e todo mundo fizeram elas morder."

"Não existe um certo risco de você estar criando uma geraçãozinha de ignorantes?"

"Por quê? Eles não iam ser mais ignorantes que um elefante. Ou que um pássaro. Ou que uma árvore", Teddy disse. "Só porque alguma coisa *é* de uma certa maneira, em vez de simplesmente agir de uma certa maneira, não quer dizer que ela seja ignorante."

"Não?"

"Não!", Teddy disse. "Além do mais, se elas quisessem aprender essas outras coisas todas — os nomes e as cores e tal —, elas iam poder, se tivessem vontade, depois, quando fossem mais velhas. Mas eu ia querer que elas *começassem* por todos os jeitos verdadeiros de olhar pras coisas, não só o jeito como os outros comedores de maçã olham pras coisas — é disso que eu estou falando." Ele chegou mais perto de Nicholson, e estendeu sua mão para ele ali embaixo. "Agora eu tenho que ir. De verdade. Eu gostei muito —"

"Só um segundo — sente aqui um minuto", Nicholson disse. "Já pensou que você pode querer fazer alguma coisa na área da pesquisa acadêmica quando crescer? Pesquisa médica ou alguma coisa assim? Porque me parece, com a sua inteligência, que você podia até —"

Teddy respondeu, mas sem sentar. "Eu pensei nisso uma vez, uns anos atrás", ele disse. "Eu conversei com vários médicos." Ele sacudiu a cabeça. "Isso não ia me interessar muito. Os médicos ficam só na superfície. Eles vivem falando de células e tal."

"Ah? Você não dá importância à estrutura celular?"

"Dou, claro que dou. Mas os médicos falam das células como se elas tivessem uma importância infinita por si sós. Como se elas não fossem na verdade da pessoa que tem cada célula." Teddy tirou o cabelo da testa com uma das mãos. "Eu desenvolvi o meu próprio corpo", ele disse. "Ninguém fez isso por mim. Então se eu desenvolvi o corpo, eu hei de ter sabido *como* desenvolver. Inconscientemente, no mínimo. Eu posso ter perdido a capacidade consciente de desenvolver esse corpo em algum momento das últimas centenas de milhares de anos, mas ela ainda está *ali*, porque — obviamente — eu usei... Ia ser preciso meditar bastante e se esvaziar de muita coisa pra recuperar tudo isso — quer dizer, a capacidade consciente —, mas dava pra fazer se você quisesse. Se você se abrisse o suficiente." Ele subitamente estendeu a mão e pegou a mão direita de Nicholson que estava no apoio de braço da cadeira. Deu-lhe um aperto cordial e disse, "Tchau. Eu tenho que ir". E dessa vez Nicholson não conseguiu detê-lo, de tão rápido que ele foi abrindo caminho pelo corredor entre as cadeiras.

Nicholson ficou sentado imóvel por alguns minutos depois que ele saiu, mãos nos braços da cadeira, cigarro ainda não aceso entre os dedos da mão esquerda. Finalmente, ergueu a mão direita e a usou como que para verificar se seu colarinho ainda estava aberto. Então acendeu seu cigarro, e ficou de novo sentado consideravelmente imóvel.

Fumou o cigarro até o fim, então abruptamente deixou um pé escapar pela lateral da cadeira, pisou no cigarro, pôs-se de pé e abriu caminho, com certa velocidade, até sair do corredor.

Usando a escadaria de vante, ele desceu com alguma pressa até o convés de passeio. Sem parar ali, continuou a descer, ainda aceleradamente, ao convés principal. Então ao convés A. Então ao convés B. Então ao convés C. Então ao convés D.

No convés D a escadaria de vante terminava, e Nicholson ficou um momento parado, aparentemente algo desorientado. Contudo, viu alguém que parecia poder guiá-lo. Na metade do corredor, uma comissária estava sentada numa cadeira diante de uma passagem, lendo uma revista e fumando um cigarro. Nicholson foi até ela, consultou-a brevemente, agradeceu, então deu mais alguns passos para vante e abriu uma pesada porta de metal onde estava escrito: PISCINA. Ela dava para uma escadaria estreita, sem carpete.

Ele estava pouco além da metade da escada quando ouviu um grito longo, mais-que-penetrante — nitidamente provindo de uma criança pequena, do sexo feminino. Foi extremamente acústico, como se reverberasse entre quatro paredes de azulejos.

Nine Stories © J. D. Salinger, 1948, 1949, 1950, 1951, 1953.
© J. D. Salinger, renovado em 1991.
Direitos da língua portuguesa no e para o Brasil mediante acordo com J. D. Salinger Literary Trust.

Todos os direitos desta edição reservados à Todavia.

Grafia atualizada segundo o Acordo Ortográfico da Língua Portuguesa de 1990, que entrou em vigor no Brasil em 2009.

capa
Pedro Inoue
preparação
Márcia Copola
revisão
Tomoe Moroizumi
Ana Alvares
Jane Pessoa

2ª reimpressão, 2024

Dados Internacionais de Catalogação na Publicação (CIP)

Salinger, J. D. (1919-2010)
　Nove histórias / J. D. Salinger ; tradução Caetano W. Galindo. — 1. ed. — São Paulo : Todavia, 2024.
— São Paulo : Todavia, 2024.

　Título original: Nine Stories
　ISBN 978-65-80309-43-6

　1. Literatura norte-americana. 2. Contos. 3. Ficção norte-americana. I. Galindo, Caetano W. II. Título.

CDD 813

Índice para catálogo sistemático:
1. Literatura norte-americana : Contos 813

Bruna Heller — Bibliotecária — CRB 10/2348

todavia
Rua Luís Anhaia, 44
05433.020 São Paulo SP
T. 55 11 3094 0500
www.todavialivros.com.br

fonte
Register*
papel
Pólen natural 80 g/m²
impressão
Geográfica